~ Carlos Magno de Melo ~

BOM DIA, ARMAGEDOM!

~ contos ~

Os livros da LGE EDITORA
são impressos em papéis recicláveis
produzido com árvores cultivadas.

~ CARLOS MAGNO DE MELO ~

BOM DIA, ARMAGEDOM!

~ contos ~

A PROFECIA QUE NOSTRADAMUS ESQUECEU

L·G·E EDITORA

Brasília, 2005

LGE Editora Ltda.
SIA Trecho 03 Lote 1760
CEP 71200-030 — Brasília-DF
Tel.: 61 3362-0008 — Fax: 61 3233-3771
lgeeditora@lgeeditora.com.br
www.lgeeditora.com.br

Editor
Antonio Carlos A. Navarro

Autor
Carlos Magno de Melo

Revisão:
Sena Siqueira

Editoração Eletrônica:
Marcus Polo R. Duarte

Capa
Luiz Augusto Guimarães

Foto do autor
Tereza Prado

Impressão e Acabamento:
Quick Printer/DF

DADOS INTERNACIONAIS DE CATALOGAÇÃO NA PUBLICAÇÃO(CIP)

Melo, Carlos Magno de.
Bom dia, Armagedom!/Carlos Magno de Melo; Brasília: LGE, 2005.
125p.

1.Literatura, Brasil - Contos. I.Título.

CDU 82-34
82;821

ISBN 85-7238-219-4
visite nosso site: www.lgeeditora.com.br

Para Sena,
minha querida
Sena.

Agradeço
ao pessoal da LGE pelo
profissionalismo e carinho.

Sumário

Bom dia, Armagedom! 13

A Fenda 39

A Feira 89

O Inquérito 91

O Caminhão 93

O Achado 97

A Pregação e o Pregador 101

A Viagem 107

A Música 113

O Velho Tocador de Pratos da Orquestra Sinfônica 119

~ CONTOS ~
FANTÁSTICOS

Bom dia, Armagedom!

Desde a grande reforma empreendida pelas renovadoras lideranças da Empresa, o escriturário Esterno Vasconcelos de Malhagães permaneceu no cargo de Supervisor Geral do Departamento de Documentação de Interesse Interno, o temido DDII.

Há exatos oito anos o Sr Magalhães, ou melhor, Malhagães está no cargo, firme como a cratera do Monte Osorno ou do Kilimanjaro ou do Fugi ou de qualquer outro vulcão que, na placidez da quietude, guarde na memória o horror de que um dia tenha entrado em atividade ou que a qualquer momento o faça.

Tão logo os Grandes Reformadores vieram, as bases da Empresa tremeram. A infalibilidade dos Reformadores lhes conferia a certeza do dogma. Qualquer dúvida que houvesse quanto ao método da Reforma se dissipou quando o Grande Reformador foi laureado com o Prêmio Nobel de Economia. A Empresa ganhou tantos certificados de qualidade e tantos selos de excelência que era quase impossível guardar na memória. Nessa época criaram o tão temível DDII, o Departamento de Documentação de Interesse Interno.

Ninguém sabia exatamente o que era o DDII, porém ai daquele que tivesse tido o nome inscrito ou mesmo mencionado nos memorandos do DDII. Tudo na Empresa passou a girar em ações que redundassem em se distanciar de possibilidades mais remotas de menção ou, mais trágico, de inscrição no DDII. A excelência passou a ser o principal objetivo de todos os departamentos, mesmo que fosse sacrificado outro aspecto. Não interessava, tudo deveria ser canalizado para a obtenção de um determinado certificado que o Grande Reformador e sua equipe determinassem.

Os chefes de departamentos andavam sobressaltados. À mínima alusão a seus desempenhos, ou mesmo à suspeita de alusão, eles convocavam reuniões com o pessoal, marcavam serões, buscavam antecipar onde poderia estar posto o olho do Grande Reformador. A neurose pela qualificação e pela excelência levava homens de grande responsabilidade a se exaurirem como moscas debatendo-se em vidraça.

A Empresa estava passando pela Grande Reforma, era compreensível que os lucros cedessem. Eles viriam em doses jamais sonhadas, após o término do trabalho da equipe do Grande Reformador. Porém, um dia, o Grande Reformador ganhou o Prêmio Nobel e ficou impossibilitado de continuar com o grande trabalho. O senso de responsabilidade fê-lo deixar o Grande Manual da Reforma (GMR), que passou a ser a Bíblia e o Alcorão da Empresa. Qualquer coisa que não estivesse escrita no GMR poderia ser implantada ou do tudo que estivesse contido nele, nada poderia ser modificado. Quem ousasse o contrário, ou vice-versa, cairia no perigo de ser inserido no DDII.

Coube ao Sr. Magalhães, ou seja, Malhagães, por escolha do próprio Grande Reformador, as incumbências de supervisionar o DDII. Foi-lhe cedida sala isolada, quase inexpugnável, onde só ele e mais ninguém poderia estar presente, sob pena de inscrição no DDII. Inclusive, o próprio Sr. Magalhães, digo, Malhagães não poderia permitir que houvesse intrusão. O DDII, tal como foi montado pelo Grande Reformador, seria administrado por sistema de retroalimentação mediante intrincados mecanismos do Programa Gerenciador (PG), software pesadíssimo que exigiu reformulação milionária no sistema da Empresa. Ao Sr. Magalhães, ou seja, Malhagães caberia tão somente supervisionar o serviço, embora o próprio Sr. Magalhães, Malhagães não tivesse a mínima idéia do que fazia naquela sala inexpugnável onde a solidão o confinava a cada dia de trabalho. Nada havia a ser feito.

A rotina do Sr. Magalhães, voltando: Sr. Malhagães era, depois de deixar o pequeno elevador, que demorava exatos dois minutos para parar, desde a partida, chegar com sua chave, introduzi-la na fechadura, depois de dizer a senha em um dispositivo próprio embutido na parede, abrir a porta; a primeira porta, trancá-la e depois de destrancar a segunda porta e também trancá-la atrás de si, então, o cioso Supervisor deveria se sentar a uma mesa em forma de ferradura onde quatro telas brilhavam com milhares de informações codificadas. Quando surgisse, em caracteres grifados, o nome de algum departamento, o Sr. Magalhães, melhor dizendo Sr. Malhagães seria obrigado a apertar simultaneamente as teclas Shift, Ctrl. Era só. O Programa Gerenciador (PG) detectaria qual havia sido a transgressão cometida pelo departamento em tela, que estivesse atentando contra o controle de qualidade implantado pelo Grande Reformador e ele seria de imediato inscrito no DDII.

A eficiência do sistema era perfeita. Com o passar dos oito anos, quatorze diretores-presidentes passaram pela Empresa, dezenas de diretores de departamentos e centenas de funcionários mereceram a recomendação de afastamento das funções pelo Programa Gerenciador (PG) por alguma transgressão.

A qualidade total se tornara a obsessão da Empresa que, para fugir à falência, precisou abrir filiais que não estivessem ligadas diretamente ao Programa Gerenciador (PG), o que era terminantemente proibido, sob pena de inclusão automática no DDII. Portanto, devido a tal procedimento clandestino, muitos diretores presidentes tiveram suas carreiras esmagadas e funcionários subalternos foram sumariamente colocados à disposição para a dispensa.

O Movimento de Liberação de Regras e Procedimentos (MLRP) começou de maneira sorrateira, na absoluta clandestinidade. Os que tentaram implantá-lo tornaram-se mártires, pois suas carreiras se incendiaram dentro da Empresa. O DDII se tornou mais ostensivo, mais truculento e mesmo as mais insignificantes faltas passaram a ser classificadas como graves. O ódio contra o DDII aumentava na proporção de sua avassaladora brutalidade.

O Sr. Magalhães, aliás, Sr. Malhagães, antes um mero funcionário subalterno, de todos desconhecido, passou à proeminência dos quadros da Empresa. No início, admirado e invejado. O salário dele era estipulado diretamente pelo GP e sobre a quantia, em absoluto, ninguém sabia. Buscar informações poderia ser passível de inscrição no DDII. Com o correr do tempo, tornou-se temido e passou a carregar o estigma de o odiado. Ninguém lhe devotava um único cumprimento. Um aceno de cabeça que fosse, embora a falta de cortesia pudesse ser passível de inscrição no DDII. Ele era homem justo, entretanto, e seria incapaz de inscrever, mesmo sob a injúria do desprezo, qualquer funcionário na lista do DDII por seu livre arbítrio. Aliás, mesmo que ele fosse um homem injusto e se deixasse levar por juízo pessoal, era-lhe impossível inscrever quem quer que fosse no DDII, tarefa exclusiva do Gerenciador de Programa (GP).

☆

Um fato curioso aconteceu um dia na Secretaria responsável pela Administração dos Servidores Públicos do Governo. O sistema de comunicação da Administração entrou em pane, sem mais nem menos. Os técnicos foram chamados e, depois de muitas tentativas, chegaram à conclusão de que necessitavam de ajuda mais qualificada para detectar a causa do mal. Seria um vírus poderoso ou se tratava de um incidente a que estão sujeitos os computadores, ocasionalmente?

Por mais que tentassem, o Sistema não retornava à atividade. Era como se houvesse uma resistência interna no Sistema que se recusava a entrar no ar. O Diretor da Administração caiu em polvorosa. A Senhora Secretária foi chamada ao telefone e, aborrecida por ter sido tirada de uma importante reunião para vir tratar de assuntos técnicos, bradou que não interessava qual fosse o motivo. A empresa mantenedora do Sistema teria a obrigação de colocá-lo no ar o quanto antes, sob pena de sanções contratuais. A folha de pagamento dos servidores públicos deveria estar pronta para que se pudesse proceder o pagamento dos salários. Os funcionários da ativa e os inativos, todos, deveriam ter seus contra-cheques impressos para que o dinheiro, que já estava no Banco, pudesse ser disponibilizado.

A Senhora Secretária nem ao menos desligou o telefone, quando ele tocou novamente. Irritada, ela atendeu. Era o presidente do Banco do Estado que, do outro lado da linha, desejava falar com ela o quanto antes. O homem respirava com dificuldade e sem menos dificuldade explicou à Senhora Secretária que o pagamento do funcionalismo deveria atrasar. Havia acontecido algo muito singular: o Sistema do Banco estava travado. Não haveria como fazer o repasse da verba para atender à folha de pagamento.

Longe de entrar em pânico, a Senhora Secretária se mostrou aliviada. Afinal, a responsabilidade não seria sua. Ela a jogaria nas costas do Presidente do Banco. Jamais admitiria que o seu Sistema estivesse em pane. Porém, a Senhora Secretária se mostrou uma bela atriz. Esbravejou, lamuriou-se e deu a entender ao Senhor Presidente que o Sistema do Banco era obsoleto, ao contrário do Sistema da Secretaria de Administração.

Do outro lado, o Presidente do Banco estava desabotoando o colarinho. Um desastre daquela magnitude no seu Sistema, o Sistema que ele modernizara e no qual investira pesada soma. O Governador o chamaria às falas, com certeza. Um movimento de protestos viria tão logo os salários não fossem depositados nas contas dos servidores, ainda mais no momento em que o Governador havia prometido pagamento em dia. Sabotagem. A oposição tinha o dedo sujo por trás daquela pane. O Senhor Presidente temeu pelo seu prestígio e viu o seu emprego volatilizar.

Quando o Governador deu o terceiro murro na mesa, o telefone emudeceu. Imediatamente ele pegou o outro aparelho e rosnou para a secretária do gabinete que retornasse a ligação. Poucos segundos se passaram até a Excelência perceber que o outro telefone também estava mudo. Esbravejando, o Governador abriu a porta e, dedo em riste, ordenou que a secretária refizesse a ligação com o Presidente do Banco do Estado. A moça estava pálida e balbuciou que todos os telefones, de uma hora para a outra, ficaram mudos. Como? mudos?! Mudos. Sem som. Logo agora! Os olhos da moça não sustentaram o olhar do Governador.

No Palácio do Governo se instalou o pandemônio. O Senhor Governador tomara o elevador e este, num passe de mágica, estacionou entre o quinto e o quarto andares. Simplesmente o elevador parou. Os técnicos vieram e tentaram encontrar o defeito. O pessoal da mecânica não viu qualquer defeito no maquinário. Veio o pessoal da Informática. O diagnóstico: pane no Sistema de Computadores dos Elevadores do Palácio do Governo. E o Governador dentro do elevador, justamente quando saía para a Reunião Extraordinária Número Setenta e Oito, para tratar da pane do Sistema do Banco do Estado.

Na rua, quem estava esperando que o semáforo abrisse, perdia a paciência, pois o vermelho teimava em permanecer aceso, como se tivesse esse direito. Logo, um motorista irrompeu-se, buscando uma brecha no cruzamento. Conseguiu se livrar do primeiro, porém, no segundo carro o seu veículo parou, após batida lateral com sérios danos à lataria de ambos os autos. Um táxi, talvez se julgando imune, avançou e não conseguiu romper, colidindo em uma lotação clandestina que se arrostava no direito de seguir na sua pista, estando o sinal, para si, verde, não importava que fosse de maneira perpétua.

Naquele cruzamento, nenhum outro carro pôde avançar e um engarrafamento – com todos os ingredientes de um bom engarrafamento: imprecauções, xingamentos e buzinaços – se estabeleceu.

E em uma reação em cadeia, todos os semáforos paralisaram e o engarrafamento, inicialmente localizado, se estendeu e então as artérias da cidade foram tomadas de pontos de estrangulamento como as suas semelhantes humanas o são, quando atacadas por tromboses disseminadas. Um verdadeiro caos. O sistema telefônico fora de ação. Os semáforos estáticos. O Sistema de Computadores do Banco do Estado emperrado. O Governador tendo ataque de claustrofobia dentro do elevador do Palácio do Governo.

Os passageiros do metrô se apavoravam, conseguiram arrombar as portas dos vagões e seguiam pelos espremidos túneis em busca das estações. A turba não se entendia quanto à direção a tomar. Havia aqueles que imaginavam que o certo seria buscar a estação à frente, porém outros viam mais viabilidade em voltar, julgando que a estação anterior estivesse mais próxima. Formou-se, assim, um tumulto. O engarrafamento subterrâneo era a repetição do que ocorria em cima, nas ruas.

Em um renomado hospital, o doutor cirurgião oculista verificou, incrédulo, que o feixe contínuo de luz do laser, de repente, desapareceu, quando ele o deslizava meticulosamente sobre a córnea de um paciente. O olhar do assistente era também de completa incredulidade. O moderno aparelho de raios laser, recém importado, que custara milhares de dólares, bem no meio de delicada cirurgia corretiva de miopia, deixara de funcionar.

O grande cirurgião, que estava inclinado, lentamente estirou a coluna, colocando-se ereto ao lado da mesa cirúrgica. Olhou para cima, como que buscando o ar que lhe faltava e não viu que as luzes fortes do foco cirúrgico continuavam acesas. Disse lentamente, procurando artificial calma, que era um absurdo faltar energia. Com a voz uma colcheia acima do tom, repetiu que era um absurdo faltar energia no meio de um ato cirúrgico e, com a voz várias colcheias acima do tom, berrou, perguntando onde estaria o encarregado da manutenção que ainda não ligara o gerador sobressalente e, com a voz absolutamente acima de todas as colcheias, fendeu o ar quase sagrado da sala cirúrgica com um *puta que pariu* mais retumbante do que o Grito do Ipiranga.

A enfermeira instrumentadora, uma jovem freira, com a voz castiça, como que gorgolejando em meio a uma fonte de rocha, avisou ao doutor cirurgião que a energia elétrica não havia acabado. O foco estava com todo o esplendor acesso. O novel médico só então pôde cair na luz da realidade. O computador. O computador do aparelho cirúrgico a raio laser deveria ter entrado em pane. Em poucos minutos entraram os dois técnicos, paramentados com roupas próprias de centro cirúrgico, e depois de mexerem em todos os botões que o médico já havia mexido, abriram um compartimento de lado do aparelho e retiraram de lá um peça intrincada e repleta de fios e, de dentro daquela peça, sacaram uma placa pouco maior do que um cartão de crédito. No local, colocaram outra. O feixe de laser voltou a funcionar na mão delicada e preciosa do cirurgião, porém, por breves três segundos. *Puta que pariu!*

O paciente, que tinha setenta e cinco por cento de perda de visão do olho direito e trinta e cinco por cento de perda do esquerdo, ficou só com o olho esquerdo cem por cento bom, pois já havia sido feita a correção antes da pane. A operação do olho direito teve de ser realizada pelo velho e arriscado método cirúrgico manual e fracassou.

Ainda ao lado da mesa cirúrgica, o conceituado cirurgião se arrependia de não haver recebido o agente de seguro quando este o procurara três semanas antes. Tivesse feito o seguro, estaria livre dos incômodos pecuniários que, com certeza, viriam com a inevitável ação que os advogados de seu paciente moveriam contra ele. O paciente ali na mesa, acabando de perder a totalidade da visão do olho direito, não quereria nem saber se a culpa fora do computador. *Puta que pariu,* pensou o cirurgião.

O paciente que estava dentro do estreito túnel do tomógrafo computadorizado, a princípio, atendeu aos apelos da técnica para que se mantivesse quieto. Com o passar dos minutos, a aflição de estar ali, espremido naquele exíguo espaço, que só quem já entrou pode avaliar a sensação de angústia por estar lá dentro, pois bem, o paciente entrou em pânico. E o pânico só aumentou quando as luzes se apagaram, transformando a presença naquele cubículo na reedição de uma pena medieval de emparedamento.

Em todo o hospital, em todos os hospitais, em todas as clínicas, todos os consultórios, escritórios, casas comerciais e residenciais, fábricas, repartições e em tudo quanto era canto daquela cidade, a energia elétrica, tão de repente se esvaeceu, como se um sopro divino ou satânico houvesse passado sobre a chama da luz. Pane do sistema elétrico. Total e geral. A sorte, se é que foi uma sorte, o dia resplandecia, indiferente, na sua grandiosa missão.

Os geradores suplementares, sem o estímulo que seria desencadeado pelos computadores dos sistemas de ligação automática em caso de falta de energia, permaneceram desligados. Os funcionários dos condomínios foram acionados pelos síndicos para ligarem manualmente os geradores. Muitos edifícios voltaram a funcionar precariamente, pois os elevadores, mesmo com energia elétrica, obedeciam a comandos computadorizados e não se aluíam dentro dos fossos. Assim também ficaram os sistemas de refrigeração, de modo que alguns prédios, com o calor e com a fachada revestida por lâminas de vidro, se tornaram verdadeiros fornos crematórios, impossibilitando a permanência das pessoas.

Em muitos edifícios, ditos inteligentes, a abertura das janelas era feita por impulsos eletrônicos comandados pelos computadores. Também os elevadores obedeciam a comandos computadorizados. Por medida de economia, muitos desses prédios detinham sensores eletrônicos de acionamento de luz, portanto, mesmo com a presença das pessoas nas salas, por falta de funcionamento dos sensores, as luzes não se acendiam, mesmo com a corrente elétrica restabelecida. As salas internas, labirintos modernos dos grandes edifícios, se tornaram células escuras e quentes. As equipes de funcionários se ocupavam em abrir as portas dos elevadores para que os usuários pudessem escapar do horror da prisão coletiva e compartilhada.

No Palácio do Governo, deu-se uma dificuldade suplementar. Sendo o Governador homem acostumado a mesas fartas, estava vários quilos acima do peso normal e com as formas parecidas com um pequeno tonel, então, foi extremamente difícil o resgate da Excelência pelo estreito espaço oferecido pela generosidade do elevador entre ele e a parede do edifício. Em pânico, a Excelência esbravejava e gritava como um bode prestes a ser sacrificado.

Quando a luz apagou, a confusão do metrô se transformou em pavor. Na total escuridão, as pessoas, sem enxergar um palmo à frente dos narizes e já estando desorientadas, entraram em estado de total pavor. Os gritos se fizeram ouvir. A princípio, das mulheres e das crianças e logo gritos mais roucos ecoaram. Eram imprecauções, chamamentos por nomes de pessoas que haviam se perdido e também choros de desespero. Por inverossímil que pudesse parecer, naquela escuridão de purgatório, surgiram malfeitores. Com a chama de seus isqueiros ou fósforos, eles identificavam as suas vítimas e partiam, no escuro, para o ataque. Os assaltos começaram. Relógios, correntes de pescoço, brincos e carteiras. Os assaltantes arrancavam o que entendiam de suas vítimas. Muitas reagiam e lutavam, mas era difícil na escuridão. Até gente boa, de boa família, aproveitava-se do breu para passar a mão em alguma nádega alhures. Até gente direita.

Os pedidos desesperados por socorro tomaram conta do pavoroso ambiente e quem já não sabia por onde seguir, ainda quando havia luz, agora com o apagão, se digladiava com um agressor ou um possível agressor, pois a turba, com medo, reagia a qualquer ameaça e qualquer esbarrão passou a se configurar como a mais grave agressão. Os murros eram soltos a esmo, cada qual tentando manter um círculo protetor virtual à sua volta. Quem se aproximasse e, inadvertidamente, invadisse aquele espaço era considerado um perigoso inimigo. Tudo isso acontecia em total escuridão.

Marileide Calixto da Silva era uma professora do pré-escolar. Voltava para casa. Saíra da escola mais cedo, pois se sentira mal e a diretora a dispensara. No fundo, Marileide estava estressada com a proximidade do casamento e, ultimamente, vinha sentindo fortes dores no estômago, que só aumentavam à medida que se aproximava a data do acontecimento tão significativo para ela. Antes de a luz apagar, Marileide ajudava um velhinho. Dera a mão para que ele se levantasse e o amparara para que descesse do vagão no meio do túnel e segurava o braço do senhor quando as luzes se foram. Antes, já não era fácil levá-lo pelo braço. As pessoas vinham em sentido contrário e os princípios elementares de boa educação já se esgarçavam ante as incertezas e o medo. O senhor caíra por duas vezes e, na terceira, quando Marileide se esforçava para levantá-lo, sentiu uma mão passar-lhe pelas nádegas firmes e de saliência suave sob as calças jeans. No ímpeto, ela se virou, mas havia muita gente se comprimindo, de tal modo que ela imaginou que fora sem querer. A luz se apagou logo em seguida. Uma mão forte passou-lhe pelo rosto e tapou-lhe a boca. Em poucos segundos sentiu que outra mão passava por entre suas coxas, que ela tentou fechar, porém as roupas de seu corpo começaram a ser tiradas com rispidez e, em meio à luta, ela caiu e um peso veio sufocar-lhe os peitos. Foi, naquele momento de solidão e desamparo, estuprada. Ficou sem a bolsa que ou se perdeu na escuridão ou foi levada pelo agressor. Para não ser pisoteada, encostou-se na parede e se encolheu, buscando subir as calças, plena de nojo e revolta.

A multidão, vendo a claridade da luz do dia que conseguia chegar pelas escadarias das galerias do Metrô, nas estações, se precipitava e muitas pessoas caiam e se perdiam sob os pés das que buscavam escapar. Muitas horas se passaram até que os túneis escuros se esvaziassem. Centenas de feridos e cadáveres jaziam quando a polícia entrou com lanternas. Marileide foi encontrada em estado de choque. Os bombeiros conseguiam transportar os feridos em ônibus que rompiam no meio do engarrafamento, usando as calçadas, sob a proteção da polícia.

As ruas se transfomaram em sítios de discussões, com o engarrafamento geral agravado pelos pedestres que perambulavam, buscando chegar às suas casas caminhando, não importando a distância. As pessoas insistiam com os celulares e, aos gritos, se desesperavam com os aparelhos mudos. Os carros mais avançados foram os primeiros a parar. Carros com computador de bordo. A injeção eletrônica, a chave de ignição reconhecida pelo computador para evitar roubo, o controle remoto para abrir as portas, tudo paralisado. Sem celular para ligar para o serviço de reboque, os proprietários relutavam em deixar seus veículos no meio da rua e nem podiam empurrá-los para junto do meio fio, pois a rua estava atravancada de outros veículos imobilizados pelos defeitos ou pelo congestionamento.

Em um trecho de rua, iniciou-se um confronto quando uma turma de meninos de rua começou a assaltar os motoristas. Trancados dentro dos carros, sem celulares e com a polícia ausente, só restava aos condutores dos veículos e seus passageiros o último recurso: gritar por socorro. Os vidros das janelas ou os pára-brisas eram estilhaçados e os garotos, armados com estiletes, exigiam dinheiro e jóias. Em determinado momento, de dentro de um Volvo, saiu um homem de arma em punho para em seguida tombar atingido pelo projétil de um AR-15. O pânico se estabeleceu. Os ocupantes dos veículos correram e foram perseguidos pelos bandidos juvenis. Outros marginais ficaram revistando os carros e arrancando os toca-fitas, rádios e tudo o que pudesse ser retirado.

Indignada, a madame se dirigiu ao balcão da recepção para reclamar que o terminal do banco havia retido o seu cartão. Logo, outros hóspedes chegaram com a mesma reclamação. O recepcionista, que já sabia da pane dos telefones e, portanto, não poderia se comunicar por meio de facilitadora engenhoca com o gerente, prontificou-se e foi atrás do responsável pelo hotel, prometendo trazê-lo sem demora. Quando o gerente do estabelecimento chegou, já um aglomerado o esperava no saguão. Desde reclamações pela falta de energia, de água, pelo ar condicionado inoperante, televisão fora do ar, elevadores enguiçados, o saque eletrônico fora de operação, a Internet desligada, a avó presa no elevador, a copa que não servia o pedido, a lavanderia que não entregara a roupa e tal e tal. O senhor gerente, se pudesse, teria saído correndo. Para piorar, uma senhora estava presa na porta rotatória de segurança da entrada do saguão, que travara quando acabou a energia. Assim, não se fazia diferente nos demais estabelecimentos congêneres na cidade.

A pane chegou aos bancos privados, começando pelo bloqueio dos cartões nos terminais de saques eletrônicos. Os usuários se recusavam a sair de dentro das cabines onde seus cartões ficaram presos. Os que esperavam do lado de fora se exasperavam e queriam entrar para meter seus cartões nas fendas para sacar seus recursos, recusando-se a acreditar que seus cartões magnéticos ficariam retidos, como os dos demais, embasados na velha crença de que as coisas ruins só ocorrem com os outros.

Os dispositivos dos caixas dos bancos passaram a não registrar os depósitos e a não liberar os saques. As filas cresciam e faziam voltas e reviravoltas dentro dos bancos buscando acomodarem-se dentro dos recintos, porém, começaram a se espichar para fora dos estabelecimentos. Até a luz faltar, parecia que a revolta emanava dos usuários com mais vigor. Eles não viam um motivo para tal demora e reclamavam, aos brados, da ineficiência. Quando as luzes se apagaram, então, mais contidos, começaram a debandar-se. Muitos ainda queriam falar aos gerentes para garantir que não teriam de pagar multas por atraso no pagamento das contas, pois estavam ali, prontos para efetuarem os créditos em favor dos seus credores. Outros tentavam exigir dinheiro vivo para suas despesas comezinhas. Houve princípio de tumulto em muitas agências. Correu o boato de que o Governo estaria se preparando para confiscar o dinheiro em depósito nas contas correntes. Agências foram depredadas e ocorreram saques do dinheiro que ainda não havia sido depositado em cofres. A polícia compareceu em raros locais. Estando impedida de se locomover pelas ruas paralisadas pelos engarrafamentos e, pela falta de telefonia, não podia ser acionada.

As operações na Bolsa de Valores tiveram de ser suspensas e os boatos se fartaram. Enquanto isso, no Palácio do Governador, acabava de ser resolvido o problema da retirada da Excelência do elevador. A marretadas, conseguiram abrir, na parte superior da parede, um rombo suficiente para que o corpo do Governador pudesse ser puxado. O Alto Mandatário desceu pelas escadas do quinto andar ao térreo. Tinha determinado que despacharia extraordinariamente em um local que ficasse no térreo. Quando finalmente a Excelência chegou ao hall do Palácio, foi informado pela assessoria que a porta automática estava travada e, o que era pior, o Chefe de Gabinete estava preso nela. De fato, o pobre homem suava às bicas dentro do compartimento de vidro da porta rotatória e, entre apavorado e constrangido, não se sustentava mais de pé. O Governador, que era médico, vendo o estado do Chefe de Gabinete, diagnosticou logo que o homem estava tendo um enfarte e ordenou que o retirassem de lá imediatamente. Como, Excelência? A marreta! A marreta! Lá se foi um coitado escadas acima em busca da marreta.

Ao quebrarem a porta rotatória de segurança da entrada do Palácio do Governo e retirarem o Chefe de Gabinete, entrou junto um exército de pessoas que estavam protestando à porta do Palácio contra o estado de coisas que a irresponsabilidade governamental permitia. O Governador começou a argumentar que aqueles fatos que estavam ocorrendo eram absolutamente fora de controle e surgiram repentinamente e que ele, o Governador, até ele, estivera preso em um elevador sem comando até aquele momento e que ainda não tivera tempo suficiente para se inteirar da situação, mas logo ficaria sabendo de onde vinha a tremenda sabotagem que estavam fazendo contra o seu Palácio. Tão logo ele descobrisse de qual segmento opositor estava partindo tão deletéria ação, ele tomaria as mais enérgicas medidas. A oposição veria o tamanho da sua fúria.

Foi então que o Governador ficou sabendo que a pane não se resumia a seu Palácio e que toda a cidade estava em caos de guerra. Um dos que havia entrado no Palácio para protestar, aproveitando o arrombamento da porta rotatória de segurança, avançou e falou, dedo em riste, ao Governador, que eles estavam ali, não para falarem da sabotagem que o Governador queria impingir sobre eles, mas estavam para exigir o cumprimento da palavra do governo que prometera conceder o aumento dos salários dos servidores e bem no dia do pagamento o sistema bancário entrara em pane. De quem seria, senhor Governador, a sabotagem? Só não houve trocas de sopapos por ter entrado a gente do deixa disso.

✡

O Sr. Magalhães, digo, Sr. Malhagães começou a se preocupar com o número excessivo de nomes que recebia nas telas que se postavam à sua frente, na mesa em forma de ferradura, na inexpugnável sala em que ele se confinava todo dia. Exatamente naquele dia, depois de certa hora, nomes grifados começaram a aparecer e o eficiente Sr. Magalhães, Sr. Malhagães começou a apertar as teclas indicadas para serem acionadas em tais situações: Shift e Ctrl, simultaneamente.

O mais estranho acontecia pelo fato de os nomes serem de departamentos exógenos à Empresa. Companhia Telefônica, Departamento de Trânsito, Secretaria da Administração Pública, Centrais Elétricas do Estado, inicialmente. O Sr. Magalhães, sou seja, Sr. Malhagães, cioso do seu dever outorgado pelo próprio Grande Reformador, teclava Shift e Ctrl a cada aparição grifada. Bolsa de Valores: Shift, Ctrl. Sistema Bancário: Shift, Ctrl. Computadores dos carros

Mercedes-Benz: Shift, Ctrl. Computadores dos carros Toyota: Shift, Ctrl. Computadores dos Carros Volvo, Computadores dos carros Volks, Chevrolet, Ford, Fiat: Shift, Ctrl. Computadores do Metrô: Shift, Ctrl. O funcionário viu passar pela tela a marca de todos os carros que já ouvira falar ou que conhecia. Também marcas famosas. Coca Cola, Pepsi Cola, Antárctica, Gerdau, Otis, Schindler, e tantas e tantas. Tudo: Shift, Ctrl. Tantas inscrições no DDII, inclusive pessoas físicas. Pequenas empresas, sindicatos, associações, federações, confederações, tudo: Shift, Ctrl. Tudo inscrito no DDII.

Entre os tantos nomes de pessoas físicas surgiram os sobrenomes Magalhães integrantes da Empresa. Vinte e dois. O Sr. Magalhães, ou seja, Malhagães ficou surpreso que entre os quinze mil funcionários houvesse só vinte e dois com o sobrenome Magalhães e que todos estariam naquele momento sendo inseridos no DDII. Shift, Ctrl.

Surpresa. A chave não funcionou. De novo. Não funcionou. De novo. Não funcionou mais uma vez. Que seria? Tentou mais inúmeras vezes. Ditou a senha no dispositivo embutido na parede. Nada. A porta permaneceu trancada. Buscou ajuda no telefone. Mudo. Estranho. Hora do lanche. Rotina. Todo dia, àquela hora, ele destrancava a porta e a trancava atrás de si, destrancava a outra porta e a trancava atrás de si, depois de ter sussurrado a senha. Sempre do mesmo jeito. Ia e lanchava. Quinze minutos. Voltava, cumpria o ritual de abrir e fechar as portas. Recomeçava a vigília na ilha eletrônica.

As telas dos computadores, brilhando e nomes e mais nomes em negrito. O Sr. Magalhães, ou melhor, o Sr. Malhagães se resignou e voltou para a sua poltrona e Shift, Ctrl, Shift, Ctrl. Inscrevia, inscrevia e inscrevia tanta gente e tanta empresa no DDII.

Uma grande colheitadeira se recusava a despejar do graneleiro cheio a soja que colhera. Simplesmente os comandos não obedeciam ao que ordenava o operador acionando as teclas no painel de controle. Não longe dali, outra empacou no meio da lavoura. Com o molinete elevado e em pleno funcionamento parecia uma mula teimosa. Acabava de chegar ao campo a Grande Pane. As modernas máquinas, símbolo de eficiência, se tornaram inúteis e, para serem desligadas, por não obedecerem aos comandos eletrônicos, tiveram as mangueiras de combustível secionadas.

Os grandes silos, vistos ao longe, em plácida postura se recortando na linha do horizonte; quem os via, não seria capaz de perceber o quanto eles estavam conturbados em seus interiores. As correias e espirais, que acionavam os grãos para ou levá-los ou trazê-los dos secadores, paralisaram. A temperatura dos secadores, por sua vez, descontrolou-se e torrou os grãos ao invés de secá-los à temperatura controlada pelos computadores, que era uniforme e, portanto, secava os grãos de maneira homogênea, garantindo qualidade. Não era o que estava ocorrendo.

Quando os tufos de fumaça negra subiram aos céus, os fazendeiros acorreram aos grandes silos. Nada puderam fazer. O fogo consumiu tudo em poucos instantes. O sistema de acionamento automático de borrifadores de água entrou, também, em pane profunda e, com os computadores que controlavam a temperatura inoperantes, o calor subiu repentinamente levando, então, os grãos a se incendiarem e toda a safra colhida ardia melancolicamente. O cheiro de cereal queimado era percebido de longe e por todo o campo, pois todos os silos entraram no ciclo desesperador do fogo. Prejuízo sem conta. Um fazendeiro teve ataque cardíaco e faleceu estirado sobre a terra que havia sido o seu tabuleiro de trabalho o ano inteiro.

Paradoxo dos paradoxos. Tão perto, o problema era outro. Os grandes complexos de irrigação permaneceram acionados mesmo quando venceu a hora programada para que eles automaticamente desligassem. Em absurdo desperdício de água e energia, os irrigadores continuavam aspergindo milhares de litros de água sobre as lavouras. O sistema automático controlado pelos computadores se tornou ineficiente para operar as ordens ou as recusava. Os fazendeiros tiveram de se dirigir ao comutador e desligar a corrente elétrica, porém, quase que simultaneamente, a própria corrente cessou. A energia elétrica caíra em toda a rede. Os telefones entraram em estado de dormência. As populações do campo se isolaram.

No fundo da aeronave iniciou a discussão. Um dos passageiros se recusava a apagar o cigarro. Pelas leis nacionais da aviação civil, em todo o vôo sobre o território do país estava abolida a permissão para fumar a bordo. Foi a explicação que a Comissária deu, em tom de advertência brotada entre um sorriso de plástico. O passageiro insistia e mostrava a luz apagada dos indicadores de avisos sobre as poltronas. Se ela estava apagada, era permitido fumar. A Comissária tentava manter os ares de boa educação que aprendera no treinamento e durante a vida profissional. Por entre um sorriso esculpido no rosto, repetia que era proibido fumar. O turista estrangeiro, porém, com arrogância própria de quem se digna a vir passear pelas plagas do terceiro mundo, abaixo da linha do Equador, elevava a voz e mantinha o cigarro acesso e, dando tragadas, soltava de maneira provocativa a fumaça para o ar, arrancando olhares de desaprovação dos vizinhos.

Enquanto a Comissária falava ao Comandante da aeronave sobre o incidente que estava ocorrendo nas últimas poltronas, ele estranhou, pois o comando de controle das luzes de avisos para não fumar estava funcionando perfeitamente, portanto, não era possível que os avisos luminosos estivessem apagados. Pediu à Comissária para verificar se só o aviso do turista em questão estava apagado. Ela voltou informando que todos os avisos luminosos estavam apagados. O Comandante, senhor da situação, mas já com uma ligeira ruga transversal se insinuando na testa olímpica, acionou uma tecla e solicitou que a Comissária verificasse as luzes dos sinais luminosos de não fumar.

Ao voltar à cabine, a Comissária observou que o tênue sulco da testa do Comandante se apresentava mais profundo, porém ainda suave. Ela, então, relatou que os avisos de não fumar, todos, estavam apagados. Nesse ínterim, o Comandante verificara que os termômetros indicavam uma acentuada oscilação. Apertara a tecla para que o computador corrigisse a temperatura e não obteve resposta. Simultaneamente, o computador deixou de informar sobre a pressão interna da aeronave, bem como a reserva de combustível. A ruga discreta que vincava a testa proeminente do Comandante se pronunciou e já se fazia notar à distância.

Quando a informação sobre a pressão hidráulica deixou de constar no painel de extensos recursos da cabine, ao mesmo tempo em que o avião deu um ligeiro mergulho no espaço, outra ruga surgiu na testa do Comandante. Contudo, a mais profunda ruga apareceu quando ele acionou o microfone para solicitar a senhoras e senhores que, por motivo de uma ligeira turbulência, afivelassem os cintos e o sistema de som permaneceu mudo como uma rocha enterrada na areia do ponto mais distante do deserto. Pediu o Comandante que a Comissária, que permanecia na cabine, fosse anunciar de viva voz que todos afivelassem os cintos e pedisse desculpas por estar, temporariamente, fora do ar o sistema de som interno do aparelho.

Quando a Comissária regressou para informar o clima que se estabeleceu no compartimento de passageiros com a entrada de um deles na querela com o passageiro meliante, a testa imperial do Comandante estava com a aparência de uma folha de papel que tivesse sido amassada por uma mão crispada. Não havia um único milímetro sem vincos profundos. Os olhos do Comandante buscavam, em pânico, entre todos os indicadores, um só que lhe informasse o que estava ocorrendo com os computadores da aeronave. Já a impecável gravata se desfizera em uma lamentável tira estendida sobre um peito arfante. O até bem pouco irreprochável comandante suava e, tiveram a impressão os co-pilotos, envelhecera. Ele voava praticamente às cegas. Os radares deixaram de funcionar, o painel tivera todas as luzes apagadas e, nem bem a Comissária entrou na cabine, a aeronave levantou o focinho e arremeteu-se em arroubos libertários para o alto, como uma águia impetuosa. Em segundos, o imenso jato traçou uma curva longa para o alto e se insinuou, mostrando o ventre brilhante ao sol. Antes de completar a parábola, em um vôo completamente invertido, a asa esquerda tremeu sob a grande pressão e metade dela se descolou do restante, como se fosse de isopor.

Um lavrador viu quando uma viva bola de fogo se abriu no céu para vir deixando um rastro de fumaça alva como algodão, tendo ao fundo o azul claro de um firmamento sem uma nuvem sequer por testemunha, mas que exibia a silhueta fantasmagórica da lua vagando na ausência de estrelas recolhidas. Só depois de alguns segundos ele pôde ouvir o som surdo de uma explosão, como que se ocorresse dentro de uma caixa fechada, atenuado por abafada angústia.

☆

Na Empresa, todos haviam recebido ordem, por viva voz de mensageiros, para evacuarem o prédio. Com a pane dos computadores, por precaução e vigilância com a segurança, ponderou-se que seria melhor suspender as ações de trabalho para aquele dia. Casos de incêndio e desastre estavam previstos no Grande Manual da Reforma (GMR). Lá, estabelecia a regra número cento e trinta e sete que, em tais casos, o prédio deveria ser evacuado dentro da disciplina e da ordem, a começar pela evacuação dos primeiros para os últimos andares. No início, surgiu certo impasse. No GMR não constava nenhuma hipótese de pane do sistema de informática. Uma assembléia de diretores decidiu que em casos omissos poderia, em caráter de urgência, deliberar sobre a suspensão das atividades na Empresa.

O Sr. Magalhães, ou seja, o Sr. Malhagães, ninguém se lembrou que ele estava preso na masmorra eletrônica. Por ser um homem precavido, pôde passar os dois dias enclausurado sem sentir sede. Havia um pequeno refrigerador em que ele guardava água e de vez em quando um ou dois sanduíches de queijo. Os computadores funcionavam naturalmente, as luzes não sofreram nenhuma interrupção. O sistema de emergência exclusivo fora acionado automaticamente. Dentro daquela cela, o solitário funcionário permaneceu sem se dar conta do que estava se passando no mundo havia já dois dias. Na esperança de que a qualquer momento alguém viesse abrir as portas, ele não se inquietou além do esperado. Com a pane dos telefones o Sr. Magalhães, o Sr. Malhagães não tinha como se comunicar. Para ele, não havia acesso à comunicação por Internet. Portanto, estava o funcionário incomunicável. A não ser para receber mensagens em negrito de nomes de tantas entidades e pessoas que fossem inscritas no DDII.

Muitos aviões conseguiram ser trazidos à terra por absoluta perícia de seus pilotos. Muitos se perderam em matas, serras e mares. Sobre cidades, caíram alguns aparelhos. Nos mares, o terror não era menor. Submarinos se imobilizaram nas profundezas e navios encalharam em arrecifes. Navios-tanque despejaram petróleo ao mar depois de se chocarem contra bancos de areia não detectados pelos radares, sem condições de serem lidos pelos computadores de bordo ou por falta de comunicação entre a tripulação, com a pane estabelecida nos sistemas elétricos e telefônicos internos.

O temor de uma ofensiva nuclear se implantou. Como os sistemas ficaram cegos e mudos, o medo era de que uma potência militar tivesse encontrado meios de invadir os sistemas de defesa de outra, ou de outras, anulando-os, pondo-os fora de ação. Tropas terrestres puseram-se de prontidão. Exércitos foram acionados, porém, sem nenhuma eficácia. As bombas de gasolina e óleo tiveram de ser operadas a manivelas. A comunicação nos quartéis era repassada por meio de megafones a bateria ou aos gritos. Uma babel.

Com os sistemas fora de operação, as aeronaves militares não passavam de geringonças inúteis, assim como os navios, porta-aviões, submarinos, as plataformas lançadoras de mísseis. O aparato bélico de primeira linha tecnológica estava desativado. Ministros não se entendiam, generais trocavam acusações e lançavam responsabilidades uns em cima dos outros. Os presidentes se viam impossibilitados de diálogos. Sabotagem tornou-se palavra corriqueira.

Nas ruas, a turba saqueava, depredava, engalfinhava-se em disputas por território de segurança. Armas eram disparadas e franco-atiradores se posicionavam, guardando áreas de conforto. Os carros permaneciam nos grandes engarrafamentos e a fumaça subia de avenidas em chamas, onde o combustível era a fila interminável de veículos engarrafados. Vândalos ateavam fogo nos veículos. Em alguns bairros, o fogo atingia os edifícios e se alastrava. O horror desenfreado nas cidades que se esvaziavam de populações maciças, buscando os campos, onde eram recebidas à bala pelos que já se achavam aquartelados em sítios e fazendas. O medo era generalizado.

Na sua sala inexpugnável, o Sr. Magalhães, retificando: Sr. Malhagães teclava Shift, Ctrl a cada solicitação que surgia na tela. Sistema de Defesa da OTAN: Shift, Ctrl. Bolsa de Valores de Tóquio: Shift, Ctrl. NASA: Shift, Ctrl. Assim, ele prosseguia ignorando que a cada Shift, Ctrl que digitava, desativava um sistema de computadores. De dentro do seu bunker eletrônico, ordens eram dissipadas em segundos para extensas redes de computadores integradas e interligadas sobre a face da Terra. Uma onda de caos se instalava a partir da Empresa e ninguém poderia supor tal fato espantoso. O Sr. Magalhães, dito Sr. Malhagães, nas polpas de seus dedos ágeis no teclado, desencadeava o caos. O mundo assistia à instalação em cadeia de uma pane sem precedentes.

Da janela do Vaticano, o Papa se dirigiu ao povo e, de um megafone alimentado por prosaicas baterias, em um dado momento, indagou se aquela seria uma grande pane que Nostradamus esqueceu de mencionar nas centúrias, ou teria mencionado e os estudiosos deixaram de interpretar. Depois da metáfora, o Santo Padre implorou para o bom senso dos governantes, sabendo que era o mesmo que se dirigir a uma das colunatas do vetusto edifício.

Já se cansara o Sr. Magalhães, ou seja, o Sr. Malhagães. Dois dias preso ali. As portas indiferentes à senha: Malhagães.neutro.empresa.com. A senha no vídeo: Malhagães.neutro.empresa.com. Ele acabara de digitar. Digitava a seguir: sair. Nada acontecia. A porta fechada. Ele repetia. Vinha a ordem para que continuasse inserindo no DDII os nomes que continuavam aparecendo em negrito nas telas. O Programa, inexorável, buscava desativar qualquer erro. Mas o Sr. Magalhães, retificando, Sr. Malhagães estava cansado e desejava sair. A água acabara, o sanduíche acabara e o banheiro ficava do lado de fora, ao lado da porta do elevador. Nas telas apareciam as ordens para que ele digitasse as teclas Shift e Ctrl. Apareciam os nomes da Petrobrás, da TAM, da Cia, da Previne, da Confederação das Associações Comerciais do Brasil, do Mercosul. Ordens impregnadas na medula do Sr. Magalhães, ou seja, Sr. Malhagães. Shift, Ctrl. Antenor José da Silva. Absurdo, o Antenor era o servente do segundo andar. O nome dele inscrito no DDII. Shift, Ctrl.

O Sr. Magalhães, Sr. Malhagães resolveu e se determinou a sair dali. Estava cansado, sentia falta de ver o céu, as árvores lá fora e, sobretudo, queria dormir, comer, beber água, ir ao vaso e não se sentir prisioneiro nem tampouco desprezado, esquecido ali naquela cela eletrônica que lhe ordenava executar ordens que ele não sabia porque executar. Nunca se dera conta do absurdo do seu serviço de ficar digitando aquelas duas teclas idiotas e inscrevendo as pessoas, empresas e o que tivesse o nome em negrito. Até um pobre servente, lavador de chão.

Ele resolveu, então, desafiar aquela sistemática para sair daquele recinto frio e impessoal que o aprisionara desde o início da implantação da Grande Reforma por determinação do Grande Reformador que criara o programa de qualidade mais perfeito já concebido. Ele sabia que o Programa tinha a capacidade de detectar qualquer erro que pudesse haver em qualquer parte do Sistema e, então, onde houvesse erro, por menor que pudesse ser, o Programa detectava e solicitava que se inscrevesse no DDII para averiguação de auditorias técnicas e correções.

O que o laborioso funcionário ignorava era o fato de que, por uma brecha do Sistema ou por ação de algum vírus ou mesmo de algum hacker, o Programa que seria somente da Empresa contaminara outros sistemas exógenos e ganhara proporções universais em uma extensa rede de comunicação virtual. Rápido e progressivamente, o Programa passou a se alimentar de sistemas externos e, detectando qualquer erro, ordenava que se inscrevesse qualquer sistema no DDII e como aquele sistema não estava cadastrado e nem constava no Grande Manual da Reforma, GMR, ele era sistematicamente congelado, jogado na lixeira, tendo o acesso bloqueado. Tudo que o Programa detectava como erro ele mandava inscrever no DDII e, por impossibilidade endógena de solução, pois os sistemas eram de pessoas ou entidades fora da Empresa, o Programa simplesmente passou a desativar e a desligar, buscando eliminar erros. Daí, a grande catástrofe ia acontecendo.

No mundo inteiro, hackeres contratados, técnicos, gênios e organizações governamentais e não-governamentais se desesperavam, buscando detectar o que estava havendo com os computadores e as redes. Na sala inexpugnável do Sr Magalhães, ou seja, Sr. Malhagães, ele descobriu a charada para abrir a porta e sair para ver o céu e as árvores depois de dois dias preso ali. Digitou a sua senha e trocou o Malhagães por Magalhães, pois sendo o Programa um programa para qualidade total, ele havia aceito Malhagães ao invés de Magalhães por uma imposição, pois sempre acusava erro. O Sr. Malhagães driblava o Programa, teclando Ferramentas e quando surgia na tela o ícone de Ferramentas ele colocava a seta sobre Verificar Ortografia e apertava o botão do mouse, em seguida surgia a senha com o nome Malhagães que ele impingira ao computador que reclamava acusando erro, pois o Programa "conhecia" Magalhães, então, ele mandara que se adicionasse Malhagães. O Programa aceitara. Porém, para o Programa era um embuste, já que ele prestigiava a qualidade total e o Malhagães era a imposição de um erro.

O funcionário, então, digitou Shift, Ctrl para o Programa. As telas mostraram inúmeros caracteres rodando sendo substituídos e, misturados com figuras, símbolos. De repente, tudo se imobilizou e ficou assim por poucos segundos para aparecer no meio do vídeo a pergunta: tem certeza que deseja inscrever o Programa no DDII? A resposta: sim. De novo a pergunta. De novo a resposta afirmativa. A tela escureceu e apareceram letras vermelhas que se agruparam e se arranjaram em um quadro no meio da tela para formar a palavra DELETE. Em seguida, as telas exibiram a senha com o nome Magalhães no lugar de Malhagães e o Programa aceitou a ordem para que a fechadura reconhecesse, aceitasse a chave e a senha, para que a porta pudesse, finalmente, ser aberta.

Nesse instante, o Programa reverteu para dentro de si, abandonando os programas exógenos que ele lia com imperfeições e, num segundo, os computadores do mundo entraram em funcionamento. As hidroelétricas, as centrais termonucleares, os semáforos, enfim, todo o sistema mundial entrou no ar. A porta da cela eletrônica na qual trabalhava o Sr. Malhagães se abriu e ele pôde se dirigir ao elevador, que já funcionava, para, lá fora, ver o céu e as árvores. Passaria antes no banheiro e beberia, sôfrego, um gole da água da torneira. Depois, iria à lanchonete.

Tão logo as potências militares notaram a volta dos sistemas, foram dadas ordens para que se disparassem dos silos, das plataformas, dos submarinos e de onde fosse possível disparar de imediato, os foguetes transportadores de ogivas nucleares para que atingissem os territórios inimigos, pois eles, os inimigos, conseguiram "cegar" os sistemas de defesa e ataque militares e, possivelmente os mísseis inimigos já haviam sido disparados. A necessidade imperiosa de contra-atacar, da retaliação. Fogo!

Ao sair à rua, o Sr. Malhagães pôde assistir à metamorfose de um grande clarão súbito surgido a se transformar em um cogumelo gigantesco, bem à sua frente, talvez a uns trinta quilômetros de distância. O céu se tornou rubro, as árvores e os prédios, silhuetas negras contra a luz intensa. Antes do impacto da onda de calor que se deslocava a uma velocidade avassaladora, segundos após a visão, o Sr. Malhagães viu, como se fosse um *flash* na janela de um carro estacionado. O que ele viu? viu refletido o nome do edifício-sede da empresa. Em aço estava escrito: Armagedom.

A Fenda

O representante científico da Organização das Nações Unidas, Doutor Hamilton Abbot, terminou de ler o relatório. O silêncio permitia que, naquele instante, o som monótono do ar condicionado se fizesse audível. A platéia, totalmente desconcertada, sentia-se indecisa. Foi quando o presidente da assembléia, limpado a garganta, tomou para si a palavra que, aliás, era dele, na condição de representante máximo da Organização.

O Doutor Abbot acabara de confirmar as suspeitas e temores de todos os estudiosos do mundo, desde que a comunidade científica internacional havia sido convocada pela ONU para produzir um documento minucioso sobre o estranho fenômeno. Relatou o Doutor Abbot sobre a total incapacidade dos cientistas em formular uma hipótese plausível para o fato e o que era pior: a absoluta falta de idéias que levassem a ações concretas de como reverter a catástrofe.

Sombrio, o presidente da assembléia leu as três alternativas mais prováveis para o caso, as quais produziram mais desconforto no seio da platéia de eminentes cientistas, políticos e líderes internacionais. À primeira alternativa, seguiram-se alaridos, protestos e um ligeiro tumulto envolvendo a delegação japonesa, avessa a qualquer solução que envolvesse o uso da bomba atômica. Os americanos, propositores da solução, tentaram argumentar, contudo, os japoneses ameaçaram de se retirar da assembléia. O presidente da Organização pediu paciência. A proposta estava sendo colocada, como as demais que se seguiriam, como uma solução derradeira e heróica.

A segunda proposta agradou tanto a ala mais à esquerda quanto à da direita, pois contemplava a possibilidade de se criar um mega fundo de investimentos que seria usado para o custeio das obras do grande canal de escoamento até o delta do Amazonas, o que com certeza seria a maior obra de engenharia civil já realizada no globo. Os ativistas do *Greenpeace,* próximos às grades de proteção, do lado de fora, brandiram protestos veementes. Estavam contidos pela polícia e seguranças treinados para tais manifestações. Quantas espécies de insetos, peixes, répteis, aves e mamíferos seriam afetadas, tanto pela bomba quanto pelo Grande Canal da Solução, como já havia sido batizado pelas corporações da construção civil, pela indústria cimenteira e metalúrgica, quase instantaneamente.

Havia grupos de protestos pela preservação das orquídeas, do ratão do banhado, apesar da comprovação científica da inexistência de tais roedores na área em questão, contudo, havia uma teoria de que tais ratos viviam em bandos esparsos pelas fraldas das serras do vale a ser invadido pelas obras. Um sisudo grupo de suecos protestava em defesa das jazidas de cristal. Outro, menos sisudo, este de italianos, batia-se pela defesa da camada de ozônio. Ninguém conseguia entender como a construção de um canal poderia afetar a atmosfera, entrementes, estava aberta a temporada de protestos. Entre os mais variados grupos de defesa de tantos temas, só havia uma ex-freira francesa, divorciada de um pai-de-santo do estado da Bahia, que, solitária, erguia uma placa com os dizeres: *MORA GENTE LÁ!* Era a única manifestação, entre tantas, em defesa do ser humano.

A terceira alternativa se resumia a deixar tudo como estava para ver no que daria: proposta da delegação brasileira. Os manifestantes bradaram contra a omissão dos que permitiriam o grande desastre, pois uma das hipóteses previa que com o acúmulo das águas, poderia haver uma grande sobrecarga sobre as placas tectônicas, afetando a acomodação natural das mesmas com terremotos sem precedentes, seguidos de maremotos devastadores que varreriam do mapa as cidades litorâneas, tanto das Américas quanto da África e Europa.

Uma ONG inglesa vociferava contra a inércia que fatalmente levaria ao desaparecimento da ilha onde se situa a Inglaterra. Um segmento do IRA, achava que seria uma solução eficiente e que, portanto, valeria a pena deixar o lago se avolumar ao ponto de esmagar a crosta terrestre, desde que, com isso, a Inglaterra fosse dizimada. A França se mostrou pouco calorosa aos ingleses.

O índice NASDAQ caía vertiginosamente, arrastando as bolsas do mundo inteiro a um abismo com precedentes apenas no *crack* que deu origem à Grande Depressão. As tropas dos estadunidenses já estavam em alerta para uma possível invasão, caso o Brasil não debelasse o grande lago que brotava em eruptiva energia no nordeste goiano, na divisa com o estado da Bahia, conforme mostravam as mais nítidas fotos de satélites.

A Argentina fizera protesto formal, acusando o Brasil de estar construindo um grande lago com fins bélicos, atendendo a propósitos expansionistas e hegemônicos. Segundo os estrategistas portenhos, bastaria o Brasil inverter o escoadouro do lago para o Rio Paranaíba, que toda a Bacia do Prata seria inundada, destruindo Buenos Aires. O governo brasileiro contra-argumentou com veemência. Contudo, no seio das forças armadas, tal idéia, até então não pensada, começou a ganhar vulto.

Um grupo de oficiais, em reunião secreta e não autorizada, constatou que, se um grande canal fosse aberto a partir do local do lago, haveria condições de levar a água até as nascentes do Paranaíba e, de fato, poderia ser provocada uma grande inundação na Argentina, pois o Paranaíba deságua no Rio Grande, este no Paraná, que se lança no Rio Paraguai, que se transforma no Rio Prata, que banha, plácido, a planície que aninha Buenos Aires; um convite.

Outra teoria do grupo desses militares propunha que apenas o fluxo natural do grande lago seria suficiente para que a corrente buscasse o desnível do vale do Paranaíba. No meio do delírio, levantou-se um e ponderou que todo o Triângulo Mineiro, como grande parte do Oeste de São Paulo, do Paraná, dos vales de Santa Catarina e vastidões dos pampas gaúchos seriam arrasados. O ímpeto do grupo se arrefeceu, porém não de todo. Duas altas patentes nordestinas vislumbraram uma desforra contra o sul maravilha.

✡

O nome de batismo dele era Jovelino Gomes Alulu Ferraria, conhecido pelo apelido de Zé da Negrinha. Zé, por causa do pai e Negrinha, por causa da mulher com quem morava desde os dezenove anos e com quem tivera oito filhos, dos quais quatro escaparam. Idade indefinida. Havia quem lhe desse quarenta anos; outros julgavam, pela aparência, meio acabadinha, que ele já havia vivido mais de cinqüenta.

Era de meia estatura, bunda chupada, peito magro, braços longos e mostrava-se descarnado no rosto. Os olhos faiscavam e as escleras se exibiam bem brancas, emoldurando as íris que refletiam um castanho claro, esverdeado e azedo. A pele curtida pelo sol era oleosa, pálida e desprovida de pêlos. Os cabelos, encarapinhados. Sorria fácil e apresentava grande habilidade no falar. Como um maestro, gesticulava criando uma plasticidade harmoniosa entre o que era dito e o que era pensado, oferecendo ao interlocutor uma idéia nítida, quase material, da conversa.

Inteligência vivaz e pura, pois não contaminada pela leitura, uma vez que ele era analfabeto de pai, mãe e parteira. Dominava as quatro operações com perfeição. Ele havia desenvolvido um método de cálculo, do qual não sabia explicar os fundamentos e, com tal método, executava operações aritméticas com velocidade e precisão quase eletrônicas. Dentro de uma caixa retangular de quarenta centímetros por quarenta, havia vinte linhas verticais e vinte horizontais, formando, por conseqüência, vinte quadrados de dois centímetros cada. Os quadrados eram pintados à semelhança de um tabuleiro de xadrez. Aliás, tal caixa se assemelhava a um tabuleiro. Em um saquinho de tecido grosso, ficavam vinte e três seixos rolados, sendo onze claros e doze escuros. Com a movimentação de tais seixos sobre o tabuleiro, o Zé da Negrinha resolvia os cálculos meticulosamente. Era um ábaco rudimentar e inexpugnável para outras inteligências que jamais conseguiram entender o princípio e o fundamento de tal maravilha.

O Zé da Negrinha sempre foi muito atento às coisas, embora de vez em quando, ele se abstraísse em pensares. Uma vez, permaneceu trinta e dois dias sem pronunciar uma palavra que fosse. Quando resolveu falar de novo, disse que estivera buscando sentir o sangue correr nas veias. Em outra ocasião, ele cismou que o sol rodava. Ficou mais de três meses observando os astros e desenhou uma carta, mostrando as posições das estrelas. O desenho foi feito sobre um couro curtido e foram usados pigmentos de pedras moídas e sumo de vegetais.

Depois de analisar em detalhe a posição dos astros desenhados no couro, de unir um astro a outro por linhas pontilhadas e cheias, de enquadrar dentro de figuras geométricas outras estrelas em grupos e, finalmente, depois de ter afixado o couro em um suporte fincado sob uma cobertura de palhas de buriti ele, de cada estrela desenhada, puxou um cordão e amarrou bem esticado em uma estaca no chão, criando um verdadeiro emaranhado de fios entrecruzados onde a possibilidade de formação de figuras geométricas era infinita, em todas as direções.

Então, ele, uma noite, quando a mulher acordou, urrava no terreiro do rancho como um animal que tivesse sido atingido por uma lança de aço no peito. Ele havia descoberto, contra a sua hipótese, que o que rodava era a Terra e não Sol.

Um dia, apareceu um agrimensor e o Zé da Negrinha o levou para demonstrar a revolucionária tese, usando o extraordinário esquema que ele havia montado com o couro: o desenho das estrelas e os cordões tensos, unindo cada estrela a uma estaca fincada no chão. O agrimensor ficou boquiaberto com a explicação e não conseguiu acompanhar o raciocínio agudíssimo do fantástico Zé da Negrinha, mas entendeu que a argumentação do caboclo era extremamente complexa e tinha uma base matemática, astronômica e geométrica inacreditável.

O agrimensor mostrou, com o teodolito apontado para o céu, que as estrelas estavam na posição exata do desenho no couro. O Zé da Negrinha não estranhou que elas estivessem no firmamento como estavam no seu mapa, pois as suas projeções, nas linhas pontilhadas e cheias, demonstravam muito bem tal fato e mesmo as estrelas que ele não conseguira enxergar a olho nu estavam exatamente nas trajetórias das linhas riscadas no couro.

Quando o engenheiro explicou a posição do sol como astro fixo, ao redor do qual giram os planetas, o Zé da Negrinha concordou e mostrou, no intricado conjunto sob a cobertura de palhas, que realmente o engenheiro tinha razão, a não ser em um ponto: o sol é um ponto fixo em relação aos planetas que orbitam em torno dele, porém ele segue uma trajetória rumo a um ponto do universo, como se fosse atraído por uma luz, à semelhança de uma mariposa, e que um dia seria queimado naquela fonte distante.

Toda explicação foi sustentada em projeções virtuais de figuras geométricas que o Zé da Negrinha produzia na teia de fios esticados, unindo cada estrela do desenho às estacas fincadas no chão e alertava ele: o chão funcionava como um ponto fixo de observação e sem o qual toda teoria demonstrada seria inválida. Claro que ele usava vocabulário figurado e restrito ao seu universo vivido. Após as explicações, o agrimensor chorou, compreendendo estar diante de um gênio da maior grandeza produzido pela raça humana. Não houvesse o engenheiro pegado maleita e falecido, ele teria levado o Zé da Negrinha para conversar com os professores da Universidade Federal de Goiás, conforme os dois combinaram.

O agrimensor deixou um Mapa Mundi e um mapa do relevo do Brasil de presente para o Zé da Negrinha antes de partir para a viagem da qual nunca regressou. Antes de viajar, conversou sobre as camadas geológicas, mostrou alguns mapas de cortes de solo. Falou sobre a crosta terrestre, o magma, as correntes marítimas e diversas outras conversas giraram sobre as marés e o efeito dos ventos. O Zé da Negrinha ouviu tudo com atenção telepática, quase sem piscar.

Um dia, o Zé da Negrinha acordou e cismou que iria conhecer o mar. Antes, passou semanas vendo os mapas. Observava, de cócoras, as cartas estendidas no chão. O sol no meio do céu, estralando de quente e ele lá, agachado, no terreiro, demorando de olhos fincados nos mapas. Um dos meninos do meio, com dó, passava quase o dia inteiro segurando uma sombrinha de hastes tortas, protegendo o pai, com a sombra possível para os dois. O menino, cansando-se, arranjou um banquinho de três pernas. Sonolento, fincou uma estaca, prendeu a sombrinha e deixou o pai lá, com as cismas dele e com os mapas.

Acabando de vender dois capados e uma égua, com o dinheiro apurado, mandou a Negrinha costurar um bolso na cueca – prevenção contra batedores de carteira – e foi para a estrada, que ficava a duas léguas e meia do rancho. Esperou quase meio dia. Embarcou num caminhão carregado de toras. Pegando passagem em caminhões e andando a pé, chegou a Barra Grande, no litoral da Bahia.

O mar imenso, coisa maior do mundo. Azul. Retrato do céu. O Zé da Negrinha sentiu um nó no peito de ver aquele mundão de água.

Coitado do Rio Paranã, baluarte de maior quantia de água. Perto do mar, o Paranã era um risquinho, em comparação. Parecia um riozinho de mapa.

Dezenove dias depois, o Zé da Negrinha pegou o caminho de casa. Gastou um tantinho de dinheiro. Também, ficou o tempo que ficou na praia, dormindo em uma choça de palhas de coqueiro. Para comer, comprava um peixe que ele assava na brasa que fazia, queimando gravetos. Arranjou umas latas de óleo de cozinha e fez delas panelas para cozinhar arroz e fazer café, mantimentos que comprou no comércio local. A economia nem foi tanto proposital, uma coisa o Zé não era: unha de fome. Isso não! Ele economizou porque não teve tempo ou destino para gastar. Passava o dia inteiro sentado na areia observando o mar. Cada onda, cada nuança das águas. O povo do lugar até chegou a se incomodar. Se ele fosse doido, era doido manso, não jogava pedra. Deixem o homem quieto, falou um, perguntado a respeito.

Nas noites, o Zé da Negrinha não tirava os olhos do céu ou das águas escuras do mar colosso. O vento que balançava o coqueiro, acariciava os cabelos do goiano calado e observador que, um dia ao amanhecer, ganhou o rumo de casa e levou uma capanga cheia de conchinhas para os meninos. Para a mulher, um colar de corais. Três Reais.

Mal chegou, o curioso começou a construir um modelo para provar que a terra boiava, de tão embebida que era na água. Pela teoria dele, a quantidade de água, sendo mais do que a de terra, o mundo só era seco por cima, por causa do sol. Pouco abaixo da casca seca da terra haveria só lama. Vissem as cisternas.

Ele construiu uma série de canais interligados, nos quais colocou água do rego para correr. Fez represas interpostas, de tal sorte que uma área do tamanho de uma quadra de basquete foi esquadrinhada em todos os sentidos. Fincando por todo o espaço pequenas estacas e um poste de dez metros de altura no centro, ele ligou, por cordões, cada estaca ao poste, construindo um verdadeiro emaranhado de fios.

Ajudado por um esquadro e uma régua de madeira, ele projetava triângulos e retângulos imaginários no chão; depois, os materializava com réguas de madeira pintadas de diversas cores. Soltava a água e observava a ordem em que os triângulos e retângulos ficavam encharcados com o excesso de umidade. Com fios partindo dos ângulos das figuras geométricas presas no chão, ele as agrupava pela ordem das cores, ou seja, cada figura vermelha era ligada a outras da mesma cor. O mesmo para as verdes, azuis e amarelas.

Depois de sete meses de observações contínuas, o Zé da Negrinha concluiu que as águas eram uma só. A água do mar era a mesma dos rios. As águas do mar se infiltravam pela terra, iam sendo filtradas pela porosidade do solo, perdendo o sal e se transformavam em água doce, que surgia nas nascentes e cisternas. Ele fazia cortes no terreno e observava, observava, até que compreendeu a mecânica da capilaridade dos fluidos, claro, sem saber verbalizar tal compreensão.

Febril, passava dias olhando o mapa do corte geológico e do relevo e também o Mapa Mundi. Falou para a Negrinha que, por baixo da Serra da Bahia, na divisa com Goiás, perto da casa deles, passava um canal de mar que mais à frente iria formar o Rio Paranã, depois de aflorar em tantas quantas mil nascentes que se uniam. A Negrinha, que não conhecia o mar, mas conhecia o Paranã, se não fosse o marido dizer, duvidaria.

O senhor Jovelino Gomes Alulu Ferraria resolveu provar a sua teoria e vendeu a safra de feijão, deixando só o do gasto. Vendeu também o gado e umas quartas de polvilho. Arranjou peões e começou a furar um buraco de dois metros de diâmetro numa grota que começava bem no pé da Serra da Bahia, num morrote de planura em cima, onde, quebradas pelos ventos, as folhas dos buritis bebiam do mais puro ar e os cachos floresciam para a generosa colheita das abelhas.

Ele queria porque queria provar que um braço de mar, saído de Barra Grande, passava por baixo daqueles mundos e iria aflorar para formar o Rio Paranã que, por sua vez, forma o Tocantins, que deságua no delta do Marajó, junto com o Amazonas. O Zé da Negrinha só sabia do Tocantins, dele para lá, eram só rios de nomes que ele não sabia ler. No dia nove de junho de mil novecentos e noventa e nove ele começou, com os companheiros, a furar o buraco.

✡

O Secretário Geral do Conselho da Organização das Nações Unidas, Koffy Annan, já terminara de limpar a garganta, então, fez longo discurso conclamando os povos livres a se debruçarem sobre o problema, esquecendo-se de políticas regionais competitivas e exultou as nações livres do mundo, principalmente as que dispunham de mais recursos, que não olvidassem esforços urgentes, tanto materiais, quanto humanos, pois, conforme relatara o eminente e laureado com o Nobel, doutor Abott, a inusitada massa líquida, apesar de se situar em uma das regiões mais estáveis, do ponto de vista geológico, do planeta, o Centro Oeste brasileiro, os sismógrafos da região já denunciavam alterações sismográficas significativas. Além do mais, havia notícia de que os movimentos migratórios em massa estavam colocando em desequilíbrio populações inteiras da região, e o risco de epidemias era alto. Países de todos os quadrantes deveriam se preparar para mandar vacinas e alimentos para a área afetada. O lago crescia em volume de maneira assombrosa.

Era verdade a velocidade da formação do lago, porém a notícia da migração em massa não passava de um equívoco, pois, na região, o índice demográfico era um dos menores do continente, quiçá do mundo.

O presidente da ONU designou uma equipe de cientistas e técnicos para ir em missão de estudos e, ao ler a relação dos membros aprovados pelo Comitê de Emergência, surgiu um impasse político. O representante de Israel vetou a participação da Áustria, alegando razões de ordem moral, pois o presidente austríaco seria simpatizante do nazismo.

As discussões irromperam-se até a noite. Para tentar solucionar o contencioso, foi criada, às pressas, uma comissão de conciliação. Tudo que se faz às pressas carrega o germe da imperfeição. Logo a cizânia se mostrou no protesto dos argentinos quanto à inclusão dos ingleses, rememorando o episódio das Malvinas.

Nos anais da ONU, poucas vezes uma reunião extraordinária foi tão tumultuada e de tão difícil condução. Porém, dada à premência que exigia ação imediata, no nono dia de discussões acaloradas, foi composta uma nova comissão com representantes científicos e técnicos, especialistas em recursos hídricos e em movimento de grandes e inesperadas massas de água, movimentos geofísicos, mineralogia, ecossistema, estratégia de remoção de populações, sendo convidada uma equipe do National Geografic Channel. A TV Globo protestou e conseguiu incluir a repórter Glória Maria, com a equipe do Fantástico, o show da vida.

As imagens eram impressionantes. Trágicas e belas. Um lago de mais de dois milhões e setecentos mil hectares se estendia sobre uma planície limitada pela Serra da Bahia; um penhasco alcantilado que segue por mais de duzentos quilômetros e separa, altaneiro, os baianos do povo de Goiás. Formando um suave desnível, pelo lado goiano, a planície se eleva até, de repente, se lançar rumo aos céus em um maciço de granito avermelhado, formando os contrafortes do Planalto Central. De tal forma, é composta uma grande bacia limitada pela Serra da Bahia e pelas paredes do Planalto, que se originam de um ponto comum para se abrirem até quase o infinito, para o lado do Oeste, ou seja, de Goiás, e, num semi-arco se juntarem em uma garganta estreita, por onde – antes do lago – a água espremida do Paraná se comportava como um titã doido em fúrias, para atravessar um canal de pedras num simulacro de parto trágico, medonho e belo. Era a drenagem única das águas nascidas naquele vasto vale isolado do maciço baiano e das terras altas de Goiás.

Era ali que se formava o lago, expulsando os animais silvestres e o gado que buscavam a fuga pelas poucas trilhas por entre as falésias que davam passagem pelo Oeste, uma vez que, pela serra do lado da Bahia, não existia nenhuma possibilidade de escape. O povo, pouca gente, fugia como romeiros em busca da desesperança. Cada um levava o que era possível levar.

As imagens feitas pelos helicópteros eram espetaculares. Irrompendo-se do sopé da serra baiana, de uma cratera equivalente a três Maracanãs, segundo a repórter global, uma coluna de água se alçava rumo ao céu, num fantástico salto de cento e doze metros de altura, sob pressão. O repórter do National Geografic Channel usava como medida comparativa o salto do Niágara.

A coluna de água subia como um jato e à medida que ganhava altura, já depois dos setenta e cinco metros, começava a se abrir em um leque gigantesco para, no limite máximo superior, despencar em uma cortina monumental de trezentos e dezesseis metros de largura e, quando chegava ao solo, setenta metros à frente, a largura era de quatrocentos e vinte metros. Um rio que brotava da terra e voava, buscando as nuvens. Coisa nunca antes vista. Nem na Bíblia, nem no Alcorão e nem na literatura. A terra parindo um rio e sendo inundada nas distâncias infinitas dos cerrados goianos.

*

Quando o Zé da Negrinha chegou, tudo era um carrascal cheio de calangos e alentado, de vez em quando, pelo canto longe das seriemas. Em pouco tempo, já estavam prontos um rancho grande, sem paredes no frontal ou no fundo, um rancho menor para a peonada, um rancho para a cozinha e, mais isolado, o dele. Separado, não por soberba, por necessidade de momentos de reflexão.

Depois de quatro dias esquadrinhando o terreno, o Zé da Negrinha concluiu que o local propício para o início da obra ficava a noventa e uma braças para o lado do nascente, tomando como referência a linha onde a sombra do penhasco corria de comprido, às três horas da tarde, entre uma grota e um morrote de pedras esbranquiçadas: formas de cristal. Era um terreno descampado e coberto com a renitência do capim barba-de-bode. Aliás, encontradiço na trivialidade daquelas paisagens, por todo canto, em abundâncias.

A primeira enxadãozada que o peão deu foi de desanimar. Por baixo da casquinha do chão, horrível, estava o cascalho bruto. Terreno duro, cristalino, de eras tão antigas, socadas de idades.

Vencida a camada de cascalho, o terreno se tornou mais ameno. Era terra argilosa entremeada de formas de cristal. Uma piçarra branca começou a ser furada pelos peões e, num dado momento, à profundidade de uns dois metros, uma camada de lâminas de cristal foi cortada em mais de oitenta centímetros para, depois, a terra escurecer para o tom de tijolo. No terceiro dia, o buraco deu na água. Colocou-se um sarilho. A água era demais e não se vencia esgotar o buraco. Parecia que o empreendimento chegara ao fracasso.

O Zé da Negrinha, mais a peonada, saiu para o cerrado de facões em punho, deixando quatro no sarilho. Toda mangabeira encontrada foi riscada na casca. O látex marejava, escorria preguiçoso na casca grossa e caía nas latinhas de massa de tomate colocadas para aparar o leite das árvores.

Enquanto iam juntando látex das mangabeiras, fizeram um trançado de tabocas em forma de um grande jacá. Aproveitaram a borracha feita do látex defumado para recobrirem o interior do jacá.

Com uma corda grossa de couro cru amarrada a alças presas ao jacá impermeabilizado, usando uma roldana tosca e com ajuda de uma junta de bois, foi aumentada a eficiência da drenagem do buraco.

O trabalho se tornava cada vez mais custoso. Por mais que se tirasse, a água brotava da terra e enquanto o jacá subia, ela já invadia o fundo do buraco e o nível ia subindo.

O Zé da Negrinha arranjou um motor estacionário a óleo cru e uma bomba. O equipamento era de um garimpeiro que, como todo garimpeiro – também meio doido –, acreditou na hipótese do Zé da Negrinha e cedeu o maquinário. Apesar da fé em achar um braço de mar por baixo do chão, o que mais comoveu o garimpeiro foi ver, no meio do barro, formas de rochas indicativas de esmeraldas. Combinando repartir o lucro, caso achassem as esmeraldas, o garimpeiro entrou com ajuda financeira para o pagamento dos serventes e para ajuda nos mantimentos.

O Zé da Negrinha nunca pensou em esmeraldas, e nem mesmo quando elas começaram a ser içadas do fundo do buraco, prisioneiras de pedras escuras, ele se abalou. A vida dele era ficar riscando o chão, fazendo cálculos com o quadrado em forma de tabuleiro, medindo o solo com uma vara, descendo e subindo o buraco, que chegava a mais de quarenta e dois metros de fundura. Já estava fazendo medo aquela boca desdentada arreganhada para o céu, parecendo querer engolir a luz que não alcançava o fundo e era substituída por lâmpadas alimentadas a bateria.

Um dia, o Zé da Negrinha, quando deu fé, à redondeza do buraco já contava com uma britadeira, peneiras, motores estacionários, pequenos galpões toscos cobertos com folhas de zinco, um comércio de secos e molhados e um arremedo de rua no meio de duas fileiras de ranchos. Havia se transformado em um garimpo, a boca do buracão.

Fazendo as contas, ele verificou que já havia dois meses e uns dias desde o início da empreitada de furar aquele buraco, que deveria achar um veio de mar que, de acordo com sua teoria, vinha da costa do estado da Bahia, depurando-se no solo, perdendo a salinidade, para aflorar nas nascentes, formando os córregos, as lagoas e o Rio Paranã.

Conferiu e constatou que o buraco já estava com exatos noventa e um metros e que, na altura dos setenta, haviam furado um túnel que seguia em perseguição a um veio de pedras escuras ricas em esmeraldas entremeadas, o que, na certa, havia retardado a progressão do buraco rumo ao local onde deveria estar a corrente marítima. Aliás, já dessalinizada, portanto, sem o gosto salobro, tornada água pura, boa para matar a sede e para o criatório dos peixes, pererecas, enfim, para a vida dos que têm na água o meio de viver, resumindo, viventes de dentro e de fora dela, inclusive as plantas e os arvoredos.

Aborrecendo-se com o acontecido, com o desvio criado no fundo do buraco e no princípio norteador da idéia inicial, foi o Zé da Negrinha ter com o garimpeiro uma conversa, buscando corrigir o que, para ele, era um erro. O garimpeiro ouviu as ponderações e tentou argumentar que o veio de esmeraldas que eles haviam descoberto era o maior bamburro que se tinha na história, pensando que melhor convencimento era mostrar ao sócio – como o garimpeiro chamava o Zé da Negrinha – o resultado obtido com o garimpo.

Num dos galpões estavam ensacadas, em sacos de juta com capacidade para cinco quilos cada, mais de tonelada de pedras verdes, separadas conforme classificação por tonalidade, tamanho e pureza, que, quando lapidadas, renderiam dinheiro suficiente para comprar o mundo.

O Zé da Negrinha queria era saber da correção do rumo do buraco. Depois de muita arenga, ele dobrou o garimpeiro. Para cada homem que estivesse trabalhando no túnel paralelo em busca de esmeraldas, deveria haver outro, cavando o buraco guia. O mesmo deveria ocorrer com máquinas e equipamentos de drenagem.

O garimpeiro, mesmo sabendo que a idéia não ia dar certo, concordou. Ora, raciocinou, se o buraco media no fundo só cerca de dois metros de diâmetro, como colocar mais de dois homens furando? Já no túnel, por seguir em perpendicular, poderia trabalhar mais gente. Com o tempo, o Zé da Negrinha compreenderia, pensou o garimpeiro, homem de palavra que cumpriria o acordo, fazendo o ritmo dos trabalhos rumo ao fundo se manter num constante, exigido pelo sócio.

O túnel adventício logo se ramificou em outro, pois outro rico veio de esmeraldas seduziu os homens. O tal novo veio era caprichoso. Ora subia, ora se embicava para baixo, para depois seguir em frente ou para trás, de modo que um caminho, parecendo caminho de cupins, foi-se formando no fundo do chão. Um labirinto.

Um dia, os homens do labirinto começaram a ouvir barulhos vindos, parecia que da frente. Eram pancadas ritmadas. Os homens, assustados, subiram e levaram a notícia ao garimpeiro. O Noraberto Ascêncio escutou o relato e ponderou que no fundo do chão não há vivência capaz de provocar batidas ou de fazer barulho, contudo, era homem de querer ver o pau que matou a cobra. Mandou que chamassem o Zé da Negrinha que, àquela hora, estava no fundo do buraco-guia fazendo umas medições, acompanhando o progresso da obra.

*

A ilha, como um grande navio encalhado, despreocupava-se em compor a paisagem e cumpria o papel de permanecer. Aqueles que nela aportassem veriam, a poucos metros da praia, subindo, que o caminho esbarrava-se em rochas irregulares e escuras, deparando-se com um portão enferrujado guarnecido por dois pórticos de pedras talhadas e de óxidas lembranças do poder da maresia. Uma placa de madeira esborcelava-se no esforço de anunciar a presença dos cães ferozes.

Após o portão, um leve platô exibia certo cuidado com a vegetação verde variada e de reflexos condizentes com a intensidade do sol. Uma casa branca se sustentava em madeira de lei e exibia o telhado harmonioso de telhas de barro já enegrecidas. Ela estava plantada na parte mais elevada da ilha, de modo a absorver a vista da baía em todos os quadrantes.

A diminuta ilha era dividida pelo muro de pedras e por uma precária cerca de arame, de tal modo ficava a residência com a maior parte do terreno, sobrando um pequeno bocado que descia até a praia forrada de pedras e seixos, onde a água vinha lamber os pés dos visitantes, que iam conhecer a particularidade daquelas pedrinhas lisas.

Afirmar que Ken era visitante seria incorreto, desde quando ele, depois de visitar o lugar pela primeira vez, tornou-se contumaz, tendo inclusive morado na casa por uma temporada, a pretexto de guardá-la. Ken nunca se cansava de admirar a singularidade daqueles seixos. Pegava, em aleatório gesto empalmado, alguns na rasura da água morna e os admirava. Todos, numa generalização cega, apresentavam-se furados no centro como se uma broca de veludo os tivesse roído de um lado ao outro, com capricho. Qual broca e em que tempo era a indagação sem resposta.

Uma tarde, o sol já se desmanchava nas águas sossegadas da baía, quando Ken notou que escolhos passavam lentos por perto da margem. Estranho que pequenos gravetos estivessem sendo arrastados por ali, coisa que ele nunca vira antes. Jogando os seixos que tinha nas mãos de volta às águas, Ken se levantou e quedou-se a admirar aquele fenômeno que ele jamais observara. A buzina da pequena embarcação, que viera apanhá-lo, o colheu das indagações e ele se apressou para, já com a água pela cintura, entrar na traineira do amigo pescador que o havia deixado de manhã, ao seguir para a labuta com o mar. Quando a embarcação aportou no amigável cais de madeira, o sol recolheu a última lâmina e a noite se fez pontilhada de olhos cintilantes na curvatura do céu, numa rapidez que mal deu tempo à lua de se pratear, surgindo assim, ainda se aprontando, muito vermelha, surpreendida no precato. Logo, aborrecida, ela se cobriu com pesadas nuvens escuras, ficando a vila de

Barra Grande só, por conta de enfrentar a noite com as luzes amareladas da humilde iluminação púbica. Até os moradores, parece, conspiraram e foram dormir mais cedo, apagando as lâmpadas de casa.

A chuva caiu pesada sobre o mar aberto que vinha quebrar-se na longa praia protegida pelos recifes e, também, na parte interna do elegante cabo protetor da baía de águas mansas em volta da Ilha das Pedras Furadas, que recortam, de maneira caprichosa, como uma costureira faz com um molde, a vila. Apenas um serenar persistiu naquela noite sobre as casas dos pescadores que dormiram ouvindo, ao longe, o rugir das ondas trazido pelos ventos dos leviatãs.

Depois de uma semana de observações, Ken concluiu que dentro da baía a corrente marítima havia mudado de direção e, de maneira gradual, evoluía em velocidade. Calado, ele fez as pesquisas, andando pela areia fina e clara da praia. Depois, levado pelos pescadores, foi muitas vezes aportar nas coroas de areia que se postam como sentinelas nos limites da baía e do mar aberto, quando a maré reflui todas as manhãs. Lá, ele permanecia o dia, atento ao movimento das ondas e era como se uma grande e silenciosa corrente passasse naqueles limites, dirigindo-se para contornar a praia, onde ele também verificara que a água corria à semelhança de um vagaroso caudal.

Das coroas, Ken via a Ilha das Pedras Furadas, no meio da baía, impávida na exibição de quem vencera todos os milênios e se propunha a continuar. Interessante, para o escocês tocador de gaita, era o fato de que pela parte externa das coroas de areia e de recifes, para o lado do mar aberto, a movimentação das águas era igual, sempre fora, desde os tempos imemoriais da criação.

O povoado, visto das coroas, perdia-se sob o verde das copas altas dos coqueiros e das mangueiras, misturadas às outras variedades de árvores. Junto à areia alva, a vila parecia um presépio silenciado pela distância. Olhando-se para o mar aberto, o horizonte se misturava, vaporoso, à linha da curva da Terra e era quebrado pela presença solitária de uma ilha onde se cultivavam coqueiros em monocultura. Voltando as vistas para o litoral, Ken seguia as bordas da baía que se pontilhavam de perdidos grupos de casinhas de cores alegres, onde os pescadores e agricultores faziam filhos nas suas mulheres de pele amorenada, com cheiro de coco misturado com maresia. O resto era a constante presença do mangue e da mata que envolviam a baía como um colar desabotoado no fecho, permitindo a troca das águas com o mar-oceano.

Ken jogou garrafas de plástico na água, bem como garrafas de vidro vazias e lacradas, e foi ter-se na baía. No outro dia, procurando pela praia, pôde identificar diversas daquelas garrafas que passavam levadas pela corrente, confirmando as suspeitas de que a água havia mudado de direção. Continuando com as pesquisas, ele verificou que o material jogado fazia uma volta completa na baía e, de maneira concêntrica, ia se acumulando em torno da Ilha das Pedras Furadas, como se ali houvesse um sumidouro semelhante a um ralo de pia.

Foi, então, que Ken se lembrou da conversa que tivera meses antes com um visitante que vagava pela aldeia. Era um homem eremita que não se cansava de observar o céu e o mar. Em uma noite, recordou-se Ken, que vinha perambulando pela areia, levemente bêbado, pois antes se sentara à mesa de uma das duas vendas de Barra Grande com um grupo de turistas. Lá, tocara e bebera com eles até tarde, inclusive teve, até a derradeira hora, esperanças com uma loira mais entusiasmada, sem sucesso, porém.

Ao encontrar-se com o vigilante das estrelas e das águas, Ken se sentou ao lado dele e perguntou se podia ficar ali, admirando o firmamento, que estava como se lhe houvessem passado um pano, tão límpido. Os dois ficaram a uma distância que se permanece ao lado dos desconhecidos até que Ken se deitou na areia carinhosa, levou a gaita à boca e tocou uma canção, recordando-se da sua terra do outro lado do oceano. Há muito ele não sentia saudade como sentiu naquele instante, só naquele instante, pois a seguir, já refeito, começou a conversar com o estranho.

A conversa, no início, levou Ken a crer que o forasteiro solitário fosse demente. Ele falava de uma tese sobre um canal de mar que, saindo daquela baía, passava por baixo da terra e se aflorava em mil nascentes no limite da Serra Geral da Bahia e nos contrafortes do planalto goiano. O estranho dizia das águas serem uma só, tanto as doces quanto as salgadas. Que estas se infiltrariam no solo, perdendo a salinidade. Falava que era a Terra e não o Sol que girava, contra a idéia de todos os que com ele conviviam no interior, até mesmo, crença pétrea dele que foi desmantelada por um modelo de universo criado, usando-se um couro de boi, onde o céu desenhado e as estrelas se ligavam ao chão por cordões. Discorreu ainda sobre um ponto que puxava o universo. Uma conversa de doido.

Ken tirou um seixo furado do bolso da bermuda jeans e o mostrou ao desconhecido, contando para ele da Ilha das Pedras Furadas. O sol já começava a tingir a baía de cores. Convidado, o desconhecido entrou em uma traineira e seguiu até desembarcar na ilha. Durante o dia, não disse uma palavra que evidenciasse que ele pertencesse à espécie dos animais falantes. Circundou a ilha, observou os seixos furados com a atenção de relojoeiro. No fim do dia, antes de entrar na embarcação que os levaria, o estranho falou para Ken que o sumidouro, o início do canal subterrâneo do mar que brotava nas mil fontes, nos mil lugares, formando lagoas, córregos e rios, estava sob a ilha, por isso as pedras eram furadas e explicou uma teoria a Ken que, com toda a filosofia que lhe ornava o saber, não pôde compreender, porém, entendeu que por trás daquela absurda hipótese, de alguma forma, existiam conceitos profundos de física.

O desconhecido anoiteceu e não amanheceu e, por algum tempo, Ken deixou de pensar nele, até aquele momento, quando olhava os escolhos se acumulando em volta da ilha, atraídos por uma força centrípeta.

*

O Zé da Negrinha entrou no labirinto com o garimpeiro Noraberto e mais um acompanhante. Percorreram as galerias irregulares escoradas por madeira e iluminadas por lâmpadas alimentadas a bateria. Ora o túnel despencava vertical rumo ao centro da terra, ora subia em direção diametralmente oposta. Como um caminho de cupim, seguia para a esquerda, voltava para a direita, fluía e refluía. Às galerias verticais ou de inclinação muito acentuada fazia-se a o acesso por meio de escadas e nas galerias planas havia carrinhos para o transporte da terra e do minério grávido de esmeraldas. Onde o buraco era vertical, pendiam cordas e correntes para puxarem a terra e o minério com as pedras verdes. Em um trecho com mais de trinta metros, os garimpeiros instalaram uma plataforma, puxada por cabos de aço e o trabalho era feito por um motor a diesel.

Ao descerem pelo estreito e úmido túnel, o Noraberto sentiu uma ligeira sensação de peso que o envolvia, à semelhança de uma luva apertada. Finalmente, chegando em baixo, a plataforma parou. Ele e o Zé da Negrinha tiveram de seguir sozinhos, pois o acompanhante ficara lá em cima, no controle do motor que puxava a plataforma.

Após seguirem escorregando-se no chão barrento por mais de vinte metros, na medida dos passos que o Zé da Negrinha contou, chegaram ao local onde os homens ouviram os barulhos vindos do interior da terra. As batidas estranhas que os assustaram.

O teto do túnel era baixo e as paredes estreitas. O ar, úmido e quente, parecia pastoso. O peso envolvia cada vez mais forte o corpo do Noraberto, que suava e mostrava uma discreta dispnéia ao esforço imposto pela longa e penosa caminhada. As picaretas e pás estavam amontoadas no fim do túnel num desconsolo de abandono. O Noraberto acocorou-se e puxou o fôlego. Ele, Noraberto, mesmo cansado, pegou a picareta e feriu a terra em cima de um veio preto. Era o caminho das esmeraldas que a cobiça dos homens seguia abrindo os capilares do mundo.

O Noraberto trabalhou algum tempo com a picareta e as pedras escuras iam rolando. À medida que se desprendiam da parede, os olhos do garimpeiro adquiriam um brilho intenso e irracional. Era a profusão das pedras intumescidas de esmeraldas, inebriando o homem que se esquecera, naquele instante, que descera até aqueles cafundós em busca de descobrir a origem do temor dos garimpeiros: os tais barulhos que vinham das entranhas da terra. Foi preciso o Zé da Negrinha puxar o homem pela fralda da camisa.

Ele caiu em si e parou como se acordasse, de repente, de um torpor, embebido de suor e resfolegando igual fole de sanfona furado em alguma dobra escondida. Sem carecimento de ser curador ou médico, o Zé da Negrinha descobriu, pela chiadeira do peito do outro, que ele era do fôlego curto, respiração de gato. Asmático. Acabava de entrar em crise.

Quando os três chegaram lá fora, o bafor do cerrado, diferente do bafor de dentro do buraco, pois seco e de ventania, favoreceu. Aí, então, o Noraberto Ascênsio teve uma melhoria, puxando o vento mais facilitado para dentro da caixa dos peitos. Devagar, voltou às cores, desarroxeando os beiços, parando o baticum do pescoço e as costelas foram cobrindo-se de carnes, pois, antes, cada vez que ele puxava o fôlego a ossaiada aparecia debaixo da pele.

Ante àquele quadro, a peonada se impressionou e logo correu um boato de que o Capeta havia puxado o Noraberto pelos calcanhares no fundo do buraco. Era o Tinhoso quem estava fazendo os barulhos, concluiu um e concluiu outro. No discordar, como sempre sói surgir, outro afirmou que havia sido um japonês. O povo do Japão não habita do outro lado da Terra? Sendo assim, o buraco já estava vazando para o lado de lá. Sem competência para tal, o buraco, pois o miolo do Mundo sendo de fogo, para se chegar ao Japão, há que se chegar ao fogo. Era um apresentando uma antítese. Prontamente aceita. Mas, então?

Foi um trabalho o Zé da Negrinha convencer os garimpeiros de que havia sido tão somente uma crise de asma. Ainda houve gente que acreditou só para não desagradar. Alguma coisa haveria. O Zé da Negrinha, não tendo explicação para justificar os barulhos, deixou lenha sem apagar na fogueira. Dúvida queima de dentro para fora, é igual ciúme.

Enquanto o Zé da Negrinha arrumava um chá de cera de abelhas, daquelas pretas que enrolam nos cabelos e que fazem a entrada da colméia nos buracos dos paus, para dar de remédio ao Noraberto, que ainda tinha a respiração custosa, alguns peões já começaram a debandada. Por via das incertezas, a certeza é a que manda o coração.

*

Quando se sentou na poltrona ao lado da janela, Iolanda Eternos sabia que aquela viagem ao Brasil seria uma viagem cheia de novidades, mas estava longe de avaliar o quanto. Olhou para o relógio, como se adiantasse conferir a hora. O avião já se encaminhava para a cabeceira da pista. Uma aeromoça passou com o olhar mecânico, averiguando os cintos de segurança e se as poltronas estavam na vertical. Os sinais luminosos advertiam que os cintos deveriam estar abotoados. As turbinas assoviavam de dar inveja aos ciprestes enfileirados, não longe dali, numa estreita estrada suburbana que levava e trazia pessoas todos os dias naquela paisagem que, vista das janelas dos aviões pouco depois de decolarem, parecia um quadro de calendário.

Quando Iolanda notou que a aeronave já se transformava de pato desengonçado em flecha, ela se benzeu. Naquele instante, a trepidação desapareceu e a pista se transformou em caminho de éter. Iolanda pensou que em breve instante o avião sofreria nova metamorfose. Ao atingir uma certa altura, o aparelho se transformaria em um intrépido falcão e na altura média de dez, doze mil pés, a aeronave se abriria numa serena e elegante cegonha. Ela gostava de imaginar essas transformações e não se cansava de vê-las acontecendo, em cada etapa do vôo. Era só fechar os olhos e se deliciar com as imagens que se formavam dentro do cérebro, como um delicado desenho sobre um fundo azul. Logo o sono viria como uma rede de malhas sutis. Em todos os vôos Iolanda se divertia com essas fantasias. Menos naquele, ela veria.

De súbito, como uma pedrada numa vidraça, esfacelou-se a nítida impressão do falcão rompendo, célere, os ventos. Apesar de surpresa, Iolanda não se sentiu incomodada com as imagens que vieram aflorar nos seus pensamentos. Apenas se surpreendeu. Há muito essas recordações não se dignavam a dar o ar da graça. Ela esperou que o avião se nivelasse um pouco mais e, então, reclinou a poltrona e se entregou ao devaneio.

Tudo começou quando ocorreu o terremoto na Turquia. Iolanda havia desembarcado em Bucareste como observadora da ONU. De lá, iria até Istambul, onde levantaria dados sobre as conseqüências do terremoto. Esse era o seu trabalho. Viajava pelo mundo no rastro das tragédias provocadas pelos efeitos do clima ou da natureza. Ela chefiava uma equipe de técnicos e eles trabalhavam com os técnicos dos países afetados por fenômenos naturais, buscando levantar dados para mobilização de socorro. Ela e a equipe ficariam na Romênia por um dia e depois partiriam em um avião cedido pelo governo turco até Istambul, onde deveriam iniciar o trabalho de campo.

Após a noite na capital romena, ao descer para o café, Iolanda resolveu passear pelas amplas avenidas da cidade, buscando desfrutar do doce clima da manhã que envolvia os prédios neoclássicos necessitados de cuidados, mas ainda ostentando dignidade arquitetônica. Depois de longa caminhada, ao voltar para o hotel onde pretendia almoçar e se entregar ao descanso, foi informada, na portaria, que havia uma pessoa a sua espera. Era um homem ainda jovem, de boa aparência que, ao vê-la, sorriu. Ele havia procurado os técnicos, buscando uma carona no vôo para Istambul, onde faria pesquisas especializadas em levantamentos sociológicos de movimentos de grandes massas populacionais atingidas por catástrofes. Como chefe da equipe, coube a Iolanda atender o pedido do sociólogo que, por um desses absurdos de aeroportos, perdera seu vôo.

Durante os trabalhos na Turquia, Iolanda só vira o seu passageiro duas vezes, e de relance. No terceiro dia, depois de ter enviado dados suficientes para o início das ações de amparo às vítimas do terremoto, Iolanda partiu para Nova York, onde terminou os relatórios definitivos de sua missão à Turquia e se preparou para fazer uma visita ao pai, diplomata da Venezuela, sediado em Washington.

O fim do outono estava esplêndido. As folhas amareladas cobriam os gramados e eram constantemente varridas pelas lufadas de vento fresco. Os parques exibiam a nudez se preparando nas árvores. As crianças, pelas manhãs, dividiam o espaço com os esquilos e com os cães presos às coleiras, levados pelos donos aos passeios. O encontro com o pai foi, como os demais, muito efusivo e ele, seguindo a tradição, umedeceu os olhos, mas conseguiu conter-se. Pelo menos duas vezes por semestre os dois se encontravam e, todo ano, no aniversário do senhor diplomata, os dois passavam juntos, desde a morte da mãe de Iolanda, há quatro anos. Aquele seria o quinto aniversário do pai, depois da viuvez e a comemoração teria um terceiro elemento, como a filha veio a constatar no jantar.

Dom Laureano Arroyo Mendonça Calabres Eternos estava vestido de cinza e os cabelos brancos exibiam um tom de fumaça que combinava magnificamente com o terno impecável. A filha trajava um vestido solto e leve, porém dentro da formalidade exigida para a ocasião. Antes de servirem as taças com o colorido rubi de um californiano de casta nobre, Dom Calabres Eternos se levantou e, fazendo mesuras elegantes, recebeu uma mulher de beleza aristocrática, que se aproximou da mesa na certeza de estar sendo esperada e, com um beijo de afetuosa discrição, saudou o aniversariante, colocando-lhe na lapela um fresco e pequeno ramo de jasmim. Iolanda compreendeu, com secreta ponta de ciúme, mas com maior dose de alegria, que daquele aniversário em diante ela seria obrigada a dividir a companhia do pai com a refinada dama que trouxera a fragrância dos ramos colhidos nos próprios jardins.

Ainda no vôo de volta da Turquia, com os olhos fechados, Iolanda imaginava o avião se transformando de gavião para cegonha, graciosa e leve, quando sentiu tocarem dedos suaves no seu ombro. Ao virar, deparou-se com o sorriso do homem de Bucareste que a cumprimentava. Ken, ele se chamava Ken Derell. Ela sabia o primeiro nome. Sorriram. Terminaram a viagem juntos e assim ficaram por dois anos. Ele morava em Chicago, o que os obrigava a viagens freqüentes e a estadias mais ou menos longas de um na casa do outro, nos poucos intervalos das idas de Iolanda atrás das catástrofes mundo afora.

Ken era professor de sociologia e residia em um bangalô no subúrbio, no meio de um bosque, de onde só saía para a universidade duas vezes por semana, ou nas raras vezes em que era obrigado a proferir alguma conferência e em momentos de extrema raridade, como foi no caso da viagem à Turquia, para os estudos que fizera a pedido da instituição que o empregava e o remunerava com salário razoável, compatível com o status de quem já escrevera quatro livros, um deles, *best seler*. Ken dedicava-se a escrever, a ler e a tocar gaita. Ele possuía uma infinidade delas. Eram de todas as marcas, tamanhos e de todas as nacionalidades. Elas ficavam penduradas nas paredes ou repousavam em estantes que cobriam uma das paredes da sala do chalé. Os amigos e alunos se constituíam nos mais eficientes fornecedores de gaitas para a coleção de Ken, mandando-as de todas as partes do mundo como presente. Claro que Ken, quando via alguma que ele ainda não possuía na coleção, ele a comprava. Com a chegada agradável de Iolanda Eternos, Ken como que quebrou a casca de um ovo que o mantinha aconchegado e aquecido.

Entre as recordações e os sonhos de sono leve, Iolanda Eternos fez a viagem embalada por mãos suaves. O avião pousou com delicadeza no Aeroporto Internacional Juscelino Kubistcheck, em Brasília. Acostumada às viagens aéreas, antes de sair de bordo e entrar no túnel de desembarque, Iolanda olhou nos olhos da comissária só para constatar uma teoria que ela, divertida, havia elaborado. Segundo sua hipótese, as aeromoças esperariam o último passageiro sair da aeronave para, finalmente, desabotoar as bochechas apagando das faces o sorriso cordial. Ela achava que nos olhos das comissárias existia um derrisório de compaixão pelo cansaço dos passageiros e um infinito desdém pelas angústias de cada um, aliado ou somado a bilionésimos de suas ansiedades camufladas para que eles se pusessem rapidamente para fora do avião, quando então o ônus de ser gentil se evaporaria, dando a elas a condição de seres humanos com angústias próprias. Pela tese de Iolanda, quanto mais os olhos das comissárias olhassem através dos passageiros, mais ansiosas elas se encontravam para que eles dessem logo o fora.

A luminosidade do céu de Brasília magoou um pouco os olhos de Iolanda, habituados à parca luz do vôo noturno a que acabara de se submeter. O céu azul era como uma abóbada ofuscante que tocava no chão muito plano em todos os pontos, pois o horizonte se fazia visível em todas as direções, conferindo à recém-chegada a sensação de estar dentro de uma bolha gigantesca e brilhante.

Do hotel, após o almoço, ela foi levada ao campus universitário, onde se deu o encontro com a sua equipe, que já havia chegado há uma semana e preparara, com a equipe brasileira, o roteiro dos estudos para as ações. Todo o plano do trabalho foi fixado em dois dias. No terceiro, ela embarcou em um bimotor e rasgou os céus rumo à divisa de Goiás com a Bahia, onde o estranho fenômeno estava acontecendo, com um grande mar de água doce esquichando-se das profundezas da terra. Era para lá que se dirigiria Iolanda Eternos com as duas equipes de técnicos, singrando aquele infinito azul brilhante em um avião da Força Aérea Brasileira para ver a grande novidade e outras, até então insuspeitas para ela.

✡

Para piorar as coisas, apareceu nas redondezas do buraco um crente com uma Bíblia, pregando contra a obra. Os homens, que não voltaram ao trabalho, esperando uma resposta a respeito dos barulhos misteriosos do fundo do chão, tiveram o ânimo ainda mais abalado pela palavra do pastor, que era como ele se intitulava. O Zé da Negrinha desceu mais uma vez ao fundo do buraco e ficou lá dentro matutando, buscando o esclarecimento. Em cima, o pastor dizia horrores daqueles que desafiam o Senhor. Vissem Babel. Os homens, querendo chegar à casa do Criador, construíram uma torre para transpor as nuvens e adentrar a morada celeste. Foram aniquilados pela fúria de Deus, que os confundiu embaralhando as palavras de modo a que eles não se entendessem. Se um pedreiro pedia tijolos, o servente trazia areia. Se fosse o pedido para areia, eram trazidos tijolos. Assim, se aninhou o despropósito e as malquerenças. Quando se viu foi a rebelião, deixando mulheres sem maridos e meninos sem pais. Estavam, agora, eles cavoucando, parecendo tatus, o chão, buscando o quê? O Coisa Ruim. A resposta viria mais cedo ou mais tarde. Deixassem quieto no canto dele o Capeta. Problema não carece de buscar. Ele vem.

O garimpeiro Noraberto, mais de força no corpo, com o tratamento que recebera para a asma, mandou escorraçar o pastor, que foi, aos gritos, arrastado e, por abusar da resistência, acabou tomando alguns pescoções. Gritou bem alto que o sertão vai virar mar, o sertão vai virar mar, vai virar mar! Não eram palavras da Escritura, mas foram ditas por Conselheiro. Prestassem atenção. Pecadores, pecadores. Adoradores do Cão! Na gritaria e no esforço, ele perdeu a dentadura no barro. Perdeu a Bíblia. Perdeu a briga.

O Noraberto prometeu mundos e fundos para que os garimpeiros entrassem de novo no buraco. Depois de muita prosa, resolveram dar um tempo para que o Zé da Negrinha subisse com uma resposta. Ele subiu e se recolheu no rancho, onde riscou e mediu, riscou e mediu. Tornou a riscar e a medir. O menino dele, o do meio, mais chegado a ele, estava por ali, quando o Zé da Negrinha lhe pediu para pegar a bicicleta e ir a casa buscar um prumo, pois ele estava carecendo fazer umas averiguações.

O menino pegou a bicicleta e cascou no mundo. Fosse a bicicleta mais nova, o acontecido poderia ter sido evitado. Também, quem é que sabe, pois na velocidade que ele desceu a estradinha, antes de chegar à curva, mesmo com bicicleta nova, boa de breque, bem capaz do que se sucedeu não ter podido ser evitado. A bicicleta era grande para o tamanho do bicicleteiro, então, ele se retorcia, passando o corpo de banda no varão da bicicleta e ia pedalando meio esconso, parecendo um "S", num equilíbrio impossível. Aliás, a danada da bicicleta havia perdido o varão num acidente antigo e o Zé da Negrinha astuciou um jeito e colocou um cabo de machado no lugar dele. Ficou firme, bem amarrado com arame. Não era bonito, mas a bicicleta andava. O mais perigoso consistia em que o breque não brecava nem com reza braba, tendo sido gastas as pastilhas da borracha do freio. Quando o menino queria parar, só havia dois meios. Um, era pôr o pé no chão e ir às carreiras, segurando. Este era arriscado, se a velocidade fosse grande. Perigo cair. O outro meio, era o pé no pneu da frente. O menino evitava por medo de queimar a sola do pé e da gastura. Fora esses recursos, era esperar para ver. Se houvesse por perto um barranco, seria sorte.

O menino, esperto, vinha com a camisa voando ao vento. O cabelo para trás de tanto que a bicicleta estava correndo. No fim da descida, a curva fechada e a subida comprida, com a qual contava o menino para o abrandamento da carreira. O que ele não contava era que vinha um cavaleiro montado numa mula, na guia de uma boiada, do outro lado, onde se deu a topada. A mula só teve tempo de esquiar de banda. A bicicleta do jeito que veio, se enfiou no meio da barriga da besta que, no susto descomunal, urrou corcoveando, antes de pranchear de banda no chão, esparramando cavaleiro, capanga de farofa, capa de chuva, facão e tudo quanto era coisa que o boiadeiro carregava para suprir as necessidades da viagem. A boiada, com aquele estrupício, estourou, levando cerrado de embrulho e uma cerca de arame na beira da estrada virou munha. Ficou boi sumido muito tempo. Por mal dos pecados, o menino quebrou o braço. Mas até que não foi o que poderia ter sido. Deus, nessas horas, perde um tempo para acudir.

Por dois dias as obras ficaram paradas, depois do incidente da bicicleta com a boiada, pois o boiadeiro exigiu que o Noraberto ajudasse a campear boi de arribada e também os garimpeiros permaneciam na mesma: se não descobrissem quem fazia o tal barulho, ninguém, por dinheiro do mundo, entraria de novo em buraco nenhum. Tem dinheiro que pague a vida? E a alma? Vá lá que era mesmo o dono do inferno mandando aviso, fazendo bulha no ninho das esmeraldas, no fundo do mundo, na beirada do inferno?

O Zé da Negrinha convenceu cinco homens a acompanhá-lo para os fundos da Terra. Uma equipe de três peões foi para o túnel das esmeraldas e os outros dois seguiram com o Zé para o buraco principal. Os homens foram orientados a furar o barranco, não importassem se ouvissem barulhos, fossem em frente. Ao chegar ao fundo, o Zé esperou. Os peões, num constrangimento de porco aguardando hora de ser sangrado, também se incomodaram na espera de sabe-se lá o quê. O calor sufocava. Parecia que o ar tremia como se fosse uma peça só. O fundo do buraco mantinha uma lâmina espessa de barro que cobria os pés dos homens até no meio das canelas. A luz amarelada, pendurada no soquete, se destacava na escuridão, embora fraca. Mais parecia um tomate. As baterias estavam arreando a carga.

Passados quinze minutos bem compridos de espera, os homens tiveram um sobressalto e assuntaram. Se eles fossem cachorros, por certo teriam erguido as orelhas para captar o som que esperavam estar ouvindo. Pancadas abafadas. Eles se levantaram e instintivamente se agruparam, e só não correram porque a vergonha era ainda maior do que o medo. Ficaram ali, no exíguo espaço ajuntados, agarrados uns aos outros, até que o Zé pegou uma picareta e começou a bater na parede do buraco.

Enquanto isso, no outro túnel, um dos homens cavoucava e cavoucava, até que o barulho apareceu, como que respondendo às suas investidas contra a parede com a picareta. Ele parava e o barulho persistia. Mais que de temor, o homem foi se tomando de fúria e, como se lutasse contra o barulho, descarregou saraivadas de golpes, arrancando nacos úmidos da terra. Um outro garimpeiro muniu-se de uma pá e investiu furioso e desordenado contra a parede. Parecia possesso, lutando e desafiando um ser invisível que os ameaçava com batidas no meio do barro. As pancadas pareciam estar em todos os cantos. Vinham de baixo, de lado, de cima e cada vez se acentuavam mais. Era como uma camada de horror que brotasse das entranhas da terra e escorresse das paredes escuras. O clima de guerra contra o ser desconhecido transformou os homens em feras de ódio, talvez um grotesco verniz para esconder o pavor.

O Zé da Negrinha incentivava, com a brutalidade que desferia os golpes na terra, que os outros homens também agissem. Era uma batalha travada no útero do chão gravídico de um ser dantesco que advertia com as pancadas, à semelhança de um badalo medonho. O pêndulo do Tinhoso.

Depois de mais de meia hora, o Trem Ruim parecia que sairia da terra para dentro do túnel ou do buraco. As batidas estavam cada vez mais próximas e mais centradas em um ponto. A ferocidade dos homens, cada vez mais os fazia perder a semelhança com Deus para se parecerem com bestas. Enlameados, cobertos de suor, eram demônios. A raiva tomou conta do medo e o pensamento se diluiu numa massa espessa e fervente que corria nas veias e no coração de cada um, alimentando as carnes rijas dos braços e as mãos que agarravam com inclemência no cabo das ferramentas.

O barranco começou a tremer igual a um fígado exposto em cima de uma mesa de corte de carne, no açougue. Ante o perigo iminente de surgir daquela terra escura a figura do Capeta, os homens se julgaram arcanjos de fúrias e redobraram o ânimo na irracionalidade de que pegariam o Demônio pelo rabo e o levariam para cima, macetado de picareta e pá. Num rumor surdo, a parede desabou e figuras medonhas surgiram e se misturaram aos homens num horror de refrega e fuga impossível. O instinto de sobrevivência prevaleceu e num relance os homens se reconheceram como homens e não como guerreiros absurdos. O cansaço e a prostração os derrubaram, senão, teria havido morte, um matando o outro, pensando que era coisa, vivente do fundo das terras, o Capeta ou um japonês.

Deu-se que o túnel secundário, seguindo o filão das pedras pretas com esmeraldas, chuleou o túnel principal em todos os sentidos. Passou rente de lado, subiu paralelo, desceu paralelo e uma hora se encontrou com o buraco principal, pois, caprichoso, o veio de esmeraldas saracoteava despreocupado no fundo do chão. À medida que uma ponta do serviço se aproximava da outra, lá no fundo, o barulho das pás e das picaretas era ouvido do outro lado. Como ninguém sabia de tal, instalou-se o medo e medo não deixa pensar. Nem a raiva, e nem a paixão.

Entrando no eixo a situação, estabelecendo-se os conformes, desceram o Noraberto com o Zé da Negrinha e mais um tanto de peões. Queriam cada um ver o seu interesse. O Noraberto com os garimpeiros estavam doidos para avistar o filão, voltar a ter o fio da meada nas mãos. Já o Zé da Negrinha intencionava verificar as estruturas para o reinício das escavações terra adentro, rumo ao fundo, buscando encontrar o braço de mar que saía da costa baiana e vinha mundo adentro, perdendo o sal para minar nas quantas minas do mundo sem fim, formando as lagoas e as nascentes de águas clarinhas que, ajuntadas, formavam os córregos, ribeirões e, como num feixe de mil fios torcidos em cordas de águas, virar o mundaréu do Paranã de barro e de peixe grande. Rio de bondades para os tabuleiros dos arrozais e de bebida para formigas, touros, passarinhos, gente e mosquitos de maleita, quando há descuido.

Depois de tirada a terra escavada, o garimpeiro Noraberto verificou que o filão das esmeraldas fazia uma espécie de cotovelo, virando-se igual uma raiz no rumo do miolo das profundezas. Para o Zé da Negrinha foi uma satisfação, pois, para ele, quanto mais o feixe das pedras pretas se embicasse para o fundo, melhor, assim o serviço seguiria num contento, sem divisão de recursos.

Noraberto determinou e foi feita uma praça grande, escorada com vigas fortes, que apoiavam o teto a mais de dois metros do chão do fundo do buraco, no encontro com o túnel. De um lado ao outro, aquele salão subterrâneo media mais de oito metros. Coisa descomunal aquela câmara que serviria para que se alargasse a boca do buraco dali para baixo, para poder dar mais espaço para descer mais peões. O serviço teria mais rendimento e as esmeraldas viriam como borbulhas de mina d'água em várzea de buriti.

Em pouco tempo, o serviço rompeu desbroncando o veio. Interessante era que o veio, à medida que sumia chão adentro, ia se engrossando. O buraco, em conseqüência, ia se alargando. O povo já se ocupava mais com vigas de escoras do que com furação do terreno. Chegou uma hora em que o buraco estava parecendo um funil invertido e o filão de pedras escuras tendia a se abrir cada vez mais. Estava ficando dificultoso. O Noraberto, então, resolveu que, independente das pedras estarem se abrindo de banda, igual saia rodada, eles prosseguiriam reto até enquanto desse.

O Noraberto pensava em ir furando para baixo e depois vir subindo desbastando as beiradas, tirando as pedras pretas com cuidado, pois se continuasse a alargar o buraco, ia acabar desbarrancando tudo e, aí, babau, nem tico, nem taco. Também, o Zé da Negrinha já estava perdendo os cabelos com o buraco sendo alargado e não indo para o fundo, para onde deveria rumar, buscando as águas que vinham do mar.

O que valeu, tanto para o Zé da Negrinha quanto para o garimpeiro, foi que, não obstante as pedras pretas irem se alargando à medida que se aprofundavam, o filão das esmeraldas se firmou em um filete que seguia para o fundo em rumo reto. Para o Zé, beleza, quanto mais para o centro da Terra o filão se embicasse, mais os garimpeiros furariam na direção que ele queria, ou seja, para o fundo. A vantagem para o Noraberto em o filão não se alargar estava nas óbvias facilidades de engenharia, pois é mais sem perigo ir em linha reta do que ter de ir furando de banda e escorando o teto, perigoso de desabar.

Com o progresso das obras, logo em volta do buraco estava repleto de câmaras de manobras de operários, para depósito de ferramentas, equipamentos e máquinas, principalmente bombas de sucção da água que minava das paredes e, no fundo, surpreendentemente, em menor quantidade do que no início do serviço. Poderia até se afirmar que os peões estavam trabalhando no seco, em vista de antes, quando a água minava já de correr.

Em cima, em volta da mina, o arruado já se transformara em um vilarejo de ranchos cobertos de folhas de buriti, de amianto ou de zinco. Além dos garimpeiros, chegaram comerciantes e mulheres-dama. O clima estava ficando tenso e, de vez em quando, havia uma ou outra rusga. Os faisqueiros traziam dinheiro para comprar esmeraldas e levavam notícias do volume de pedras preciosas estocadas, da mais alta qualidade. Isso atraía gente de tudo quanto era espécie.

O Noraberto já estava de camioneta novinha. Andava com os peitos empencados de correntes de ouro e ostentava no dedo indicador da mão direita um anel com uma esmeralda do tamanho de um ovo de codorna. Usava calças de linho folgadas, com a cintura por baixo da barriga estufada, camisas com jacarezinho desenhado no peito e carregava revólver de cabo de madrepérola na cintura; era a imagem da riqueza ambulante. Distribuía dinheiro como quem dá balinha a menino em dia de Cosme e Damião.

O Zé da Negrinha só se vexava com o progresso do buraco e com as contas que fazia no ranchão com o ábaco dele, incompreensível para outro vivente. A riqueza que o Noraberto passava para ele era imediatamente mandada para a Negrinha, sem ao menos contar as notas de papel novinho, que vinham em pacotes, ou sem mesmo pesar e verificar os sacos de pedras de esmeraldas. Para a surpresa do Noraberto, uma noite, o Zé da Negrinha chegou falando que era para parar de furar. Segundo ele, quando o fundo do buraco fosse atingido, um esguicho de água arrebentaria as beiradas para cima, desbarrancando tudo até mais de cem metros da abertura. Para provar, levou o Noraberto para o ranchão e mostrou um modelo de relevo do solo feito com argila e pintado com pó de carvão, urucum e pó de caulim. Fez mil contas e falou que, quando o buraco avançasse e atingisse os trezentos e dezoito metros de fundura, a força da água espremida debaixo do chão iria arrebentar tudo, igual uma garrafa de cerveja sacudida e destampada de uma vez. E, pelas contas dele, só faltavam oitenta e um metros. Para provar que já estavam perto da água do fundo, mostrou um punhado de conchinhas que havia apanhado no meio da terra e das pedras pretas que vinham das profundezas. Com aquela conversa cheia de contas e números, o Zé da Negrinha falou para um vazio dentro da cabeça do Noraberto, que não via como parar de furar e cavar, justo no momento em que as esmeraldas estavam caindo quase lapidadas no colo dos garimpeiros, no maior tamanho. Devido ao tamanho e valor das pedras, inclusive, o Noraberto havia mandado buscar todo o dinheiro, as gemas que já estavam ensacadas e depositadas em cima e guardou no túnel secundário, livre dos donos do alheio, que já se acercavam do garimpo.

As preciosíssimas pedras do fundo estavam também sendo depositadas ali. Até o dinheiro que o Zé havia mandado para a Negrinha, o Noraberto buscara e colocara na segurança do túnel secundário, transformado em cofre sem perigo de arrombamento.

O Noraberto, pela primeira vez, enfrentou o Zé da Negrinha. De maneira alguma iria parar com o avanço. Tanta pedra boa, parar seria até pecado. O Zé da Negrinha ficou rouco de tanto explicar, mas o companheiro, chegou uma hora, falou até em revólver. Foi preciso os dois contarem até dez para esfriar as cabeças. A discussão, no outro dia se viu, nem precisava ter acontecido. Chegou um povo vindo em carro do governo com oficiais de justiça e embargaram a obra, sob o argumento de que a jazida pertencia a um grupo estrangeiro. Mostraram papelada timbrada, com assinaturas de doutores e com carimbos solenes. Lacraram o buraco, não deixaram nem o Noraberto descer para buscar os pertences e, do tesouro escondido no túnel, ele não contou porque não era besta.

Três dias depois, chegaram caminhões, tratores em carretas, perfuratrizes, explosivos, elevadores, esteiras e muito engenheiro, falando enrolado. Povo branco que um pouquinho de sol já avervmelhava a cara deles, por isso, usavam uma pasta branca passada no nariz e se cobriam com chapéus de aba larga. Logo isolaram com arame farpado toda área ao redor do buraco. O povo, tanto a putada quanto os comerciantes, garimpeiros e quem quer que fosse, foi tudo arredado, desalojado do lugar. Era muita polícia para resistir.

O Zé da Negrinha de tanto falar, acabou sendo recebido por um camarada impaciente, de olhar frio de calango, com um sorriso só com o beiço de cima, suando sem parar e bebendo água de garrafa. O Zé explicou que não deveriam furar e falou do esguicho e do braço de mar passando por baixo do chão para formar os nascedouros de águas que originavam as lagoas, várzeas, córregos e rios. O enfarado escutou por educação. Terminada a conversa ele agradeceu, arrastando as palavras, parecendo que conversava dentro de uma cuia, despediu-se e mandou um que estava perto levar o Zé até o portão.

O movimento era enorme. Dinamite explodia e colocava o mundo de pernas para o ar. Os morros sumiram, as árvores, os buritis, os paus à toa, as pedras, tudo foi revirado e a terra começou a mostrar os intestinos expostos ao sol que se arregalava no céu, estupidificado com tamanha barbaridade. Lá dentro do cercado, uma placa ficava acesa dia e noite, mostrando o nome da mineradora, parecendo que eles dispensavam a luz do sol e da lua. Povo herege. Num instante de se beber um café quente, já estavam construídos barracões, casas, pista de pouso, uma coizeira de se admirar. Um buraco do tamanho do mundo foi se imiscuindo chão adentro.

O Zé da Negrinha pegou a mulher dele com os filhos e foi embora. Ele sabia o que aconteceria. O Noraberto ficou. Queria achar um jeito de negociar com os empáfias e nojentos para tirar a sua esmeralda e o seu dinheiro guardado no fundo do chão. Não havia meio de eles entenderem. Recebiam o Noraberto, davam refresco, café, deixavam esperando horas e depois mandavam voltar outro dia. Outro dia a dinamite já esbagaçará tudo, tentava explicar ao impávido o desesperado garimpeiro, que nos momentos de maior agitação era convidado por dois ou mais seguranças a se retirar. Por derradeiro, abalou-se e rumou para tentar falar com autoridades em Brasília. Foi a sorte. Um dia depois da saída dele, aconteceu.

O sonar indicava exatos oitenta e um metros para se vencer a barreira de pedras pretas. As perfuratrizes zuniam enfurecidas contra as pedras como brocas de dentista, quando um leve tremor deixou na dúvida os operários se realmente houvera tremor. Menos de dois segundos foi o que durou. Em seguida, outro mais forte veio para tirar a dúvida. Mais outro e logo o buraco tremeu como se fosse uma gelatina. Seis segundos e parou. Muitas pedras rolaram. Canos aspergiam água longe. Um trator havia despencado de um barranco. Só deu tempo de os operários saírem, às carreiras, de dentro da grande cratera, para a terra se dobrar como uma onda sólida e se partir por uma força vinda do fundo, arrancando tudo igual se arranca pedaços de cal da pintura que se esborcela em uma parede velha.

Quem olhasse de cima veria o chão do fundo do buraco rodar como se fosse um disco gigantesco numa eletrola antiga e descomunal. O barulho era rouco e sinalizava pedra sendo esmigalhada contra pedra. Aquilo ficou por mais de duas horas. O chão parecia estar com maleita de tanta tremura. Os engenheiros deram ordem de evacuação total, sem necessidade, que não fosse apenas burocrática, pois quem não era doido já estava na carreira, pelejando para sair dali.

Chegou um momento em que a tremura aumentou e o chão rachou à semelhança de beijus. Um barulho surdo como um arroto profundo veio aumentando do fundo das entranhas do mundo, trazendo o borbulhar de líquidos sob pressão e, de repente, num alívio, um jato de água subiu aos céus por mais de duzentos metros, levando rocha, lama e uma espécie de gás. Antes que a coluna voltasse puxada pela gravidade, um rumor de ondas e tempestades veio aumentado de intensidade e a terra rachou em nacos imensos e pipocou para o alto num furor inconcebível, para se espatifar a mais de duzentos metros de raio, como se uma rolha de pedras se soltasse do fundo, de forma abrupta. Um tremor agudo se estabeleceu e um mundo de cerrado ao redor começou a se elevar rumo ao cume do penhasco da serra e foi, devagar, se debruçando de banda até que surgiu, empurrando tudo, uma massa borbulhando igual doce de leite chegando ao ponto na beirada do tacho. Aquilo rugiu, rodou, tremeu, começou a transbordar para, depois, se arremessar para cima igual uma suçuapara dando o bote. Só que com um barulhão medonho. O chão foi rachando e pedaços do tamanho de igrejas subiram parecendo casquinhas de ovos. Logo, aquele caldo de lama começou a ser substituído por substância mais líquida que, mais veloz, subiu num vôo dantesco para os céus, como uma fonte de lama que a terra parisse. Um furor que arregaçou mais de dois hectares de chão com árvores, pedreiras e tudo que estava em cima. Era o fim do mundo de tanto horror.

Assim se deu a previsão do Zé da Negrinha que, abestado, o indecente do engenheiro estrangeiro, chefe do serviço, assistiu sem saber, babando, o que pensar daquele cataclismo. Por pouco, o aguaceiro com lama e pedras não caiu em cima dos operários que se esbaforiam na fuga. O pamonha do engenheiro-chefe ainda andou tomando uns solavancos e chegou a ser arrastado na lama, mas sem ninguém saber como, saiu com vida, só com uns arranhões. Diz o ditado que Deus ajuda os bobos.

Assim começou a se formar o grande lago que causou a estupefação do mundo e embaraços na ONU; tragou, para todo o sempre, as esmeraldas garimpadas pelo Noraberto e consumiu as tantas mil notas novinhas que estavam guardadas no túnel em tão seguro cofre. Sem falar na destruição dos tratores, caminhões, furadeiras, barracões e tudo quanto fosse coisa que estivesse no acampamento. Só não levou gente junto porque o trem deu tempo de o povo se retirar em pavores. Bem que o Zé da Negrinha avisou.

✲

Os pescadores já estavam estranhando o fato. Mesmo com vento a favor, as jangadas já não tinham o mesmo rendimento. Era como se a água rolasse para trás, por baixo do casco. Não rendia a navegação. As traineiras seguiam vagarosas e a custo se libertavam da baía. Começaram a dar crédito às palavras do tocador de gaitas que não se cansava de pregar que a baía estava sendo engolida por um sumidouro sob a Ilha das Pedras Furadas.

A situação piorou. Um barco de maior tonelagem entrou nas águas da baía para pernoitar. Quando foi lá pelas onze horas da noite, o capitão foi acordado por um dos marujos, dizendo que o barco estava sendo arrastado por uma corrente. O sonolento homem esbravejou que se jogassem âncoras ao mar. O marujo explicou que as âncoras já estavam ao mar. Impossível!, âncoras ao mar! As âncoras já estão ao mar! Urrou o marujo de novo. Tão ao mar que no fundo ficarão para sempre! Como para sempre? Para sempre, porque os cabos das âncoras se arrebentaram. Num pulo, o comandante chegou ao convés e ficou paralisado, tendo recebido pelas caras a força do mar que arrastava o barco sem mais, como se levasse à perdição uma casquinha seca. Em um segundo, o fundo do navio bateu nos bancos de areia e a embarcação virou sobre o próprio eixo várias vezes, até se partir em duas partes, depois, mais duas e mais muitas, até se esfacelar, deixando uma esteira de destroços e os atônitos onze marujos, que se debateram nas águas até encontrarem as coroas de areia e os recifes, que os abrigaram com a má vontade de quem está desconfiado que, também, precisará de ajuda e, não vislumbrando quem possa vir em socorro, já se prepara para cuidar só de si.

De manhã cedo, o povo pôde ver as águas da baía rodopiando, como o conteúdo de um liqüidificador do tamanho do mundo. Lá no centro, estóica, imóvel e altaneira, a Ilha das Pedras Furadas ignorava o fenômeno e, ou se resignava a um fim trágico, ou subvalorizava a força da corrente das águas que vinham mergulhar para as profundezas da terra a seus pés. O fato era que a ilha era o epicentro do furor do mar e, houvesse o que houvesse, ela parecia preparada, esperando como quem já esperara, nas eternidades, o destino que viesse.

Os marujos, tão logo o dia clareou, saíram dos abrigos. Atiraram-se nas águas e deixaram-se arrastar. Quando passaram perto da praia, foram salvos pelos que assistiam, da areia, ao inaudito e incompreendido. Era o fim do mundo. Os tempos do apocalipse. Pelas profecias, o mundo não acabará, desta vez, em fogo? Quem sabe se esta água se enfiando por debaixo da ilha não estará sendo o começo do desaparecimento dos mares, deixando a face do mundo à inclemência do sol, preparando a seca para o grande braseiro?

Nunca Barra Grande viu tanta gente de rádio, jornal e televisão. Os turistas tiveram de ser contidos e uma cidade de barracas se formou em poucos dias. O preço do coco, que antes era de cinqüenta centavos, chegou a custar cinco Reais. Logo havia gente vendendo camisetas, escolhos recolhidos à correnteza marítima e até água da baía foi engarrafada e comercializada como lembrança. O mar continuou no mister de se engolir e engolir tudo que viesse boiando no meio da tormenta, totalmente indiferente ao que estivesse pensando a ONU ou quem quer fosse.

Depois de alguns dias, com a superexposição das imagens do fenômeno, a curiosidade foi diminuindo, de modo que os repórteres já começaram a debandada em busca de fatos novos. Era muito estranho, ímpar, ver o mar louco como se rodopiasse em um carrossel até ser tragado para as profundezas; contudo, a imprensa vive de fatos, de sangue, dor e morte. Nenhum dedo, mindinho que fosse, veio sofrer uma luxação sequer. Não havia possibilidade nenhuma de aquele acontecimento produzir uma vítima fatal direta, como uma embarcação ser arrastada cheia de turistas, uma parte da praia ser sugada, levando gente, casas e coqueiros, numa fúria colossal. As Forças Armadas e a polícia controlavam tudo. Nenhum navio podia se aproximar a uma distância inferior a vinte quilômetros do local. Qualquer aeronave estava proibida de sobrevoar a baía e a massa de curiosos, contida por cordões de isolamento, só podia se aproximar da praia em cortejo. Era uma imensa fila que passava pela praia a passos vigiados pela polícia. A fila chegava por uma extremidade, percorria toda a orla e saía pelo outro lado. Não se podia parar e nem se aproximar a uma distância de menos de cem metros da água. Eram medidas decretadas para proteger as pessoas da tentação de entrar no mar, quando poderiam ser arrastadas pela corrente. O governo não queria de maneira alguma que qualquer morte se desse naquele local, pelo menos enquanto o mundo estivesse de olho no fenômeno.

Os habitantes da vila foram evacuados e muito falatório teve de ouvir o encarregado da missão. O povo se revoltou contra a ordem de deixar as casas. E a minha horta?, as galinhas? Minha traineira não há de ficar. Discussão sem fim. Quando saiu o último habitante, o encarregado tomou sal-de-frutas para aliviar a azia. À noite, teve um enfarte. Escapou com remédio debaixo da língua e repouso.

Ken viu na televisão que um rio estava brotando na divisa de Goiás com a Bahia. Entendeu com clareza as conversas que ouvira daquele visitante acerca de uma fenda que passava por baixo da terra, levando as águas do mar para irem-se livrando dos sais e finalmente nascerem nas fontes, formando os rios. Ken pegou carona em um caminhão e, quando a noite cedia as bordas para a claridade da barra do dia se irromper, ele desceu do caminhão e tomou o caminho que lhe fora indicado para se chegar onde um rio, qual uma fonte, jorrava para os céus e inundava o mundo. Não foi difícil arranjar passagem, desta vez em uma kombi de um comerciante que trazia sacos de açúcar, cebola, óleo comestível e algumas caixas de verdura. O comerciante estava justamente indo para o local, pois lá, dizia ele, o comércio estava rendendo muito por causa do povo que se acotovelava para ver o fenômeno.

Quando a kombi se aproximou, uma pequena multidão se postava na beira de um barranco, de onde se via o vasto vale se alargar entre a parede enferrujada da serra do lado da Bahia e os contrafortes suavizados do Planalto Central. De lá, já se avistava o lençol de água refletindo o sol da magnífica manhã de nenhuma nuvem no firmamento, que se esmerava em exibir um azul sem fim. O povo estava indignado. Havia sido proibida a entrada no vale, portanto, não se podia ver a grande fonte brotando e saltando aos céus; pelo menos daquele lugar. Então, os mais curiosos estavam indo por uma estradinha carreira, seguindo as bordas da suave elevação do planalto goiano. Assim, mais à frente, a uns oito quilômetros, diziam que a fonte podia ser vista, pois do lugar em que estavam os parcialmente frustrados espectadores, uma fralda de serra impedia.

No momento em que Ken iniciava a caminhada para o tal lugar, um comboio de jipes chegou e parou, trazendo uma cortina de poeira, que aos poucos se dissipou, ao passar por cima dos veículos. Uma das primeiras pessoas que desceu deixou Ken sem fala. Vestida com uma calça jeans e uma jaqueta cáqui, a moça pisou com a sola grossa da bota naquelas paragens e seus olhos se fixaram no lago que se deixava ver ao longe. Ela caminhou e, devagar, levou o binóculo para admirar aquele fenômeno tão singular. Iolanda Eternos conservara a beleza que o havia arrebatado, pensou Ken, antes de correr para ela. Ouvindo os passos acelerados, Iolanda se virou e fez menção de correr instintivamente para o lado do jipe. Ela não reconheceu Ken no primeiro momento, porém, como um véu que se dissipasse, ela pôde finalmente reconhecer aquele que a acolhera em amor muitas e muitas vezes. Ela caminhou em direção a ele e os dois pararam a uma distância e ficaram olhando-se e, automaticamente, correram até muito próximos, quedando-se numa admiração mútua. Eles não se jogaram um nos braços do outro. Não se entregaram a beijos voluptuosos como se vêem nos filmes. Apenas pegaram-se nas mãos e se abraçaram como se abraçam velhos amigos que se encontram muitos anos depois de deixarem de se ver. Com uma diferença: ambos choraram as lágrimas mais contidas, num silêncio quebrado só por um ou outro soluço que escapasse do sorriso. Ao longe, o lago que se formava oriundo das águas que vinham do mar por uma fenda que passava debaixo da Bahia, permanecia indiferente ao reencontro, à paisagem e até a si mesmo, pois os lagos são indiferentes ao que os rodeia, como as montanhas, os campos, os desertos e tudo que é atemporal. Embora aquele lago ainda não tivesse a noção do tempo, ele já trazia na essência o sentido do eterno, vindo do mar do qual se originava.

✡

Dom Laureano Arroyo Mendonça Calabares Eternos confirmou por telefone a notícia devastadora que Ken vira na televisão. Era a verdade mais cruel que Dom Laureano Eternos, sem remédio para atenuar a dor de confirmar, poderia deixar fluir de seus lábios secos, esgotados pelo sofrimento. Iolanda Eternos havia desaparecido no helicóptero tragado pela selva, pela enchente de lama que desceu das montanhas e arrasou vilas e cidades de uma parte desgraçada pela sorte, na Colômbia. No último comunicado com o piloto, ele informou que estava em pane e que tentaria pousar sobre as copas. O aparelho fora encontrado retorcido em meio a pedras, árvores destroçadas e lama. Nenhum sobrevivente. As buscas haviam sido suspensas, pois o temporal impedia as ações do pessoal de socorro e o local, no meio de uma cadeia de serras cobertas pela mata fechada, era inacessível. As chuvas prosseguiam e novos deslizamentos aconteciam um atrás do outro.

Depois de quinze dias, os corpos de dois dos tripulantes foram resgatados. Iolanda Eternos entrou para a lista dos desaparecidos juntamente com mais um funcionário do governo colombiano que participava das observações. O e-mail lacônico tremeu na tela e o pai de Iolanda teve de ser amparado pela mulher que o segurou em um abraço quente e amigo. Ela sentiu pela primeira vez que o amado tinha o corpo menor do que ela sempre imaginara.

Ken havia estado com Iolanda na Espanha, de onde ela viajou para a Colômbia, deixando no hotel um presente que ele desembrulhou ao retornar do aeroporto, quando a beijou pela última vez. Era uma gaita revestida de madrepérola, da qual ele jamais se separou. Com o terrível desaparecimento de Iolanda, Ken resolveu parar com tudo. Fechou o bangalô, pediu demissão da universidade e, um dia, viu-se no Brasil e viu-se em Barra Grande e lá ficou, perambulando pelas areias de talco, pelos recifes de múltiplas cores, pelos coqueirais que balançam indolentes pelos ventos mornos e viu-se esquecido de si mesmo, embriagando-se com cachaça e metendo-se nas carnes rijas das morenas do lugar e nas carnes ávidas das turistas risonhas e bêbadas.

Ken comprou uma casinha azul em um canto da praia e esperava não sabia o quê. Quando apertava a saudade – palavra que ele aprendera o significado ali – e doía a dor que não dói, mas que é doce e amarga, ele, então, tocava a gaita revestida de madrepérola e se afogava no álcool da pinga com limão, açúcar e gelo. Nunca mais voltara aos EUA. O dinheiro, mínimo de que ele necessitava, vinha trazido pelos barqueiros que descontavam seus cheques no banco, em Ilhéus, onde ele depositou uma soma maior que, aplicada, lhe rendia os dividendos para vida de parcos e desnecessários gastos.

Don Laureano Eternos tentou por todos os meios encontrá-lo. Usou o serviço diplomático de seu país, porém, em vão. Iolanda Eternos buscou desesperada uma pista, uma única que fosse para ir atrás de Ken e dizer que estava viva, havia sobrevivido ao acidente de maneira miraculosa. Nada, parecia que Ken havia sido tragado pela terra. Até aquele dia, quando olhava um mar se formar no sertão do interior do Brasil, Iolanda Eternos sempre fechava os olhos e ficava esperando que um dedo tímido a tocasse no ombro e, quando ela abrisse os olhos, Ken estaria sorrindo como sorrira no vôo para Bucareste. Nunca houve o toque no ombro, contudo, naquela manhã épica, ela o viu correndo em sua direção. Pareceu um sonho ou um filme em câmara lenta, onde a realidade se desfaz e, ao mesmo tempo, se materializa numa mágica ou num desvairio da mente.

Ken e Iolanda, depois de descerem para o vale e chegarem com a equipe de observadores, ficaram, de mãos dadas, olhando aquela torrente de água fluir para os céus na surrealidade do maior país do hemisfério sul e o quinto do mundo, onde um sujeito conhecido como Zé da Negrinha inventou um ábaco de pedras pretas e brancas que, movimentadas em cima de um tabuleiro semelhante a um tabuleiro de xadrez, realizava as quatro operações com velocidade eletrônica. O tal sujeito demonstrou, contra a crença mais arraigada que ele carregava desde o berço, usando um couro de boi desenhado com estrelas, que era a Terra, e não o Sol, que girava numa órbita cativa e eterna. O vulgo Zé da Negrinha, batizado como Jovelino Gomes Alulu Ferraria, analfabeto de pai, mãe e parteira, vendo um mapa-múndi e um mapa rudimentar das camadas geológicas, elaborou uma teoria em que afirmava serem as águas uma só, que se infiltrava pelos continentes; perdia a salinidade na porosidade dos solos, brotava nas fontes, lagoas e nascentes dos rios e que voltava, como o filho pródigo, para o seio dos mares. O mesmo incrível Zé da Negrinha se desarvorou a furar um buraco para provar a teoria de que uma fenda vinda da Bahia trazia a água oceânica para formar o Paranã. Usando o seu ábaco, concluiu que era chegada a hora de parar com a escavação, sob o risco de a água jorrar e inundar o mundo dos sertões, confirmando a profecia de que o "sertão vai virar mar". Estava lá o resultado: a fonte-rainha que não o deixava mentir.

Não houve uma única vítima naquele absurdo, então, Iolanda Eternos voltou para o escritório americano e fez o relatório. Nele, registrou que, por mais intrigante que pudesse parecer o fato de um lago estar sendo parido pela terra e um pedaço de mar sendo engolido para as profundezas do planeta, nenhum cadáver apareceu boiando na torrente e nenhum movimento anormal das populações a autorizava a afirmar que a ONU precisasse de se preocupar com desabrigados, por maior que fosse o mar emergente.

Ao apresentar o relatório, Iolanda Eternos retornou ao Brasil e passou deliciosos dias em Barra Grande junto a Ken, ouvindo o som da gaita que ela um dia lhe presenteara antes de ter de partir para uma missão que quase se tornou impossível, com a queda do helicóptero que a transportava. Por um desses verdadeiros e indecifráveis mistérios que a vida brinda cada um, Iolanda sobreviveu, comendo talos, brotos e bebendo água da chuva, até ser resgatada, depois de dezoito dias. Pois bem, Iolanda Eternos viveu dezoito deleitosos dias ouvindo música de gaita, tomando caipirinha e amando nas areias finas de Barra Grande e, quando teve de voltar, voltou com Ken, que se propôs a escrever um livro sobre o fato de uma baía se imiscuir debaixo de uma ilha de pedras furadas e ir brotar em uma região sertaneja, escondida entre Goiás e a Bahia, formando um grande lago de águas doces e límpidas. Ken escreveu no livro sobre um indivíduo que elaborou uma teoria que o mar e as águas doces eram uma água só, que se reciclava usando a porosidade da terra para perder a salinidade e voltava ao oceano para se impregnar de sal.

Iolanda Eternos, contra toda expectativa, viu-se um dia sem menstruar e, ao fazer o teste, recebeu a óbvia confirmação de que as noites de mais caipirinha foram suficientes para derrotar a pílula que não resistiu ao luar e ao cálido vento de Barra Grande. Ken orgulhou-se com a possibilidade e mandou aumentar um quarto no bangalô, nos arredores de Boston, que ele voltara a ocupar, pois ali desejava que seu filho nascesse.

Os cientistas perderam muitos anos estudando o fenômeno do lago formado entre a Serra Geral da Bahia e os contrafortes do Planalto Central e concluíram que uma fenda subterrânea passava por baixo da Bahia e se abriu naquele lugar formando o lago. Porém, não tiveram como demonstrar tal absurda teoria, e os debates prosseguiram, enchendo disquetes e rendendo teses de doutorado. Uma coisa era certa: as placas tectônicas resistiram e nem um leve tremor para assustar um passarinho se manifestou, contrariando as expectativas dos geólogos.

As escaramuças prenunciadas na ONU logo se amainaram e o assunto passou para o conflito no Oriente Médio. A Argentina continuou protestando, mesmo depois que se confirmou ser o grande lago uma obra exclusivamente da natureza. Por outro lado, no Brasil, o povo ficou mais indignado com as declarações de Maradona, atacando Pelé. Os grupos ativistas, favoráveis à natureza, queriam que o Grande Lago fosse considerado Patrimônio da Humanidade. Alguns políticos estadunidenses apareceram na mídia por defender a incorporação do lago à Amazônia e que esta deveria ser internacionalizada a fim de que se preservasse a vida no planeta, sob a alegação de que os brasileiros a estavam destruindo com as derrubadas e queimadas, além de negligenciar o vasto território, permitindo que o narcotráfico o usasse como base de rota de drogas.

Qualquer coisa e os *marines* estariam prontos a dar proteção aos missionários estrangeiros e nacionais que desenvolviam projetos de catequese junto aos índios da região. Esporadicamente os brasileiros respondiam com iradas declarações, porém, logo vinha a Copa do Mundo e as atenções internacionais do País se voltavam para a reeleição de Eurico Miranda, ex-presidente do Vasco, à presidência da FIFA, o segundo brasileiro a dirigir a egrégia entidade.

O Zé da Negrinha, quando viu a coisa de mal a pior, com a chegada daquele povão com aparelhos, a polícia e com tudo quanto era novidade, sabedor de que a corda arrebenta é do lado fraco, então, resolveu abrir pé no mundo, que ele era lá besta de ficar zanzando por ali e acabar preso, culpado de tudo? Afinal, não fora ele quem começara a furar aquele buraco? Sobraria para ele.

A Negrinha, foi a sorte, pois, de pamonha ela só tinha a cara. Não há de ver que ela arranjou um jeito e amoitou em casa um saco de esmeraldas, das grandes, e levou junto, na fuga? Mais de dez quilos. Muito tempo depois, quando eles, ou seja, ela mais o Zé souberam notícias do garimpeiro Noraberto Ascênsio, mandaram entregar a metade dele. Compraram um pedaço de chão na Chapada dos Veadeiros, em um local chamado Ocão, perto do Oquinho, à esquerda do Moinho, lugar que só se vai a cavalo, e ficaram lá vendo a lua sair nas noites que ela tem de sair e o sol, todo dia, que ele não tem descanso.

O lago encheu até certo ponto e ficou lá, aquela beleza, bebendo o sol de dia e a lua de noite.

Os políticos entraram em muitos conflitos. Se deveriam ou não desviar um braço daquelas águas para irrigar o Nordeste, se construiriam ou não um porto para escoar a soja do Centro Oeste, saindo pela foz do Amazonas, já que o escoadouro do lago, aliás, do novo e imenso rio Tocantins, que é formado pelo Paranã que, por sua vez, se regalou virando um lago. Pois sim, o Tocantins se derrama no estuário amazônico, daí a pertinência do porto. Muitos projetos surgiram e todos poderiam ser realizados ou até não, afinal, no Brasil, deitado eternamente em berço esplêndido, tudo pode ou não acontecer, sempre, sem surpresas.

~ CONTOS ~ COTIDIANOS

A Feira.

Era o Ramiô. Ele vinha subindo, carregando uma sacola de compras em uma das mãos, até estava bem pesadinha, e chupava uma laranja com a outra mão. Parou um pouco, deixando a sacola no cimento. Descansar os dedos.

O sol estava quente naquela hora e o bafor da manhã que amanhecera chuvosa ainda se despendia por cima das pessoas e das barracas. O acentuado cheiro de frutas, verduras e tudo quanto é coisa que constitui uma feira pairava ao deleite ou repugnância dos narizes, em consonância com a percepção odorífica de cada um.

Quando ele se abaixou para erguer a sacola, divisou no meio do povo o Genésio com uma galinha na mão. Gritava:

— Ó, a galinha caipira!, é da boa e o preço é para acabar! Ó, a galinha caipira!

Ao redor do Genésio estava coalhado de galinhas peadas umas com as outras. Uma profusão de penas e cores.

— Ó, a galinha caipira, da boa!

— O Genésio vendendo galinha? Gente, o mundo dá voltas.

O Genésio quebrara, falira. O Ramiô sabia, mas a ponto de estar vendendo galinhas na feira! O Genésio, dono do posto e fazendeiro lá na cidade que ele, Ramiô, também nascera e vivera a infância. O Genésio, que possuíra camioneta zerada. Até um dia dera carona ao Ramiô. Ah! Esse mundo!

O Ramiô, então, resolveu se aproximar para cumprimentar o antigo conhecido e também comprar um galináceo para o almoço do domingo.

— Seu Genésio, bom dia!

Os olhos do Genésio se apagaram ao fitá-lo. A pele se empalideceu para logo se ruborizar.

— Oh, o genro do Clarindo, e, e, e, ...eu... eu estou aqui querendo comprar uma galinha. Oh, gente, quem é do dono das galinhas?

O Genésio jogou a galinha que tinha nas mãos, de qualquer jeito, no meio das outras e saiu assim, descalculado, no meio do povo. Nem se despediu.

O Ramiô chegou a casa e, quando foi contar para a mulher, a princípio riu muito, mas aos poucos as lágrimas vieram irrompendo-se pelos seus olhos.

— Coitado do Genésio, que vergonha. Também, não é para menos, acabar, rico do jeito que ele era, vendendo galinha na feira, é duro...

O Inquérito.

Ao amigo Humberto Ulhôa

O Promotor, o Escrivão e ele.

O Promotor, homem novo, diligente, iniciando a carreira. O Escrivão, homem velho, deixando a carreira. ele, com letra minúscula, sendo interrogado. Primeira vez. Queixa da ex-mulher. Motivo de pensão alimentícia e falta de paciência dele que, com um pescoção, destroncou o pé do ouvido da dita cuja.

Humilhado, sentido e com vergonha, esperava, tirando sujeirinhas debaixo das unhas.

O Promotor:

— Para que se conste dos autos, eu, Fulano de Tal, na presente data, na comarca tal, neste fórum, inquiro o presente, que em seguida se identificará de acordo com minhas instruções e desde já se compromete a dizer a verdade, somente a verdade; e, se não o fizer, poderá se submeter às penas e aos rigores da lei.

— Nome?

— Meu?

— Sim, senhor.

— Fulano de Tal.

— Nascimento?

— ?

— Quando o senhor nasceu?

— Eu?

— Sim, senhor.

— 27 de abril de 1946.

— Nacionalidade?

— ?

— !

— O senhor é brasileiro?

— ?!

— !

— ??

— Seu Fulano, o senhor nasceu no Brasil?

— Ó, seu Promotor, eu nasci foi em Catalão. Se lá é Brasil, quem tem de saber disso é o senhor, que é homem de letra. Eu só sou dono de barraca no CEASA, não sei ler e nem escrever e só estou aqui por causa daquela excomungada que já ficou com meu barraco, meus meninos, arranjou macho e agora quer que eu dê pensão. O senhor abrevie isto, por favor, que eu tenho é de ir embora, porque senão, eu perco minhas verduras e aí, o prejuízo fica maior.

Escrivão:

— Registro, Excelência?

Promotor:

— Largue isto de mão. Escreva aí que o Fulano de Tal foi dispensado da inquirição por problemas de saúde. Fulano de Tal vai cuidar da sua barraca que eu vou cuidar da minha, está dispensado até segunda intimação.

O Caminhão.

Quando as luzes do caminhão, ao dobrar a curva, bateram no barranco, não foi o barranco o que seu Célio viu. Uma mula no meio da pista. Só deu tempo para o animal erguer a cabeça antes da batida. Com o choque, o caminhão perdeu o controle e derrapou, caindo na ribanceira. O motorista pôde ver tudo acontecendo, como em câmara lenta, o que ele não conseguia era o domínio da situação. Os freios, a direção, tudo parecia estar ligado a uma fonte controladora externa ou mesmo interna, exclusiva do veículo, que assumira a situação e conduzia ao desfecho final.

Dentro da cabina, a luz azulada do painel iluminava o ambiente como uma luz de expectativa. Tênue expectativa. Quando seu Célio tentou se levantar, uma dor aguda o fez parar imediatamente. A dor subiu pela perna direita em uma fisgada fina que arrancou um gemido cavernoso da garganta do motorista. Foi quando ele percebeu gosto de sangue na boca. O motor havia parado. O silêncio se fez a tal ponto que o canto dos grilos se espalhava no ar. Era como se nada houvesse acontecido; no entanto, ele estava ali preso ao cinto de segurança, virado de lado, no meio dos destroços e sentia muita dor. Por certo, logo haveria de passar algum veículo que o socorreria, pensou.

Os grilos, indiferentes, prosseguiam com sua cantiga.

Quando se está em uma festa, ou em algum ambiente agradável em que se queira estar, o tempo passa com rapidez que surpreende, porém o mesmo tempo flui espesso e leva uma eternidade, quando se está preso a ferragens de um caminhão tombado, com dores e receios. Então, seu Célio entendeu que várias horas se passaram até que ele ouviu alarido de vozes se aproximando. Mesmo com as dores, ele se sentiu muito reconfortado.

As vozes se aproximaram e ele pôde perceber que eram de muitas pessoas. Havia um certo ar de excitação no vozerio. A porta do passageiro se abriu e ele viu um homem que o olhava lá de cima, já que o caminhão estava virado de lado. Quando tentou estender a mão para que o homem a pegasse, a porta se fechou. O vozerio continuou. Ele ouviu pancadas que logo cessaram. A porta novamente se abriu e uma pessoa entrou na cabina. Seu Célio tentou dizer que achava que estava com a perna quebrada. A pessoa se aproximou e levou a mão à coluna da direção. Tirou as chaves e antes de sair, olhou de relance para o motorista. A porta ficou aberta.

Seu Célio ouviu quando a porta da caixa metálica do caminhão abriu lá atrás. Houve muito movimento de sai e entra no baú do caminhão. Era algo como que comandado. Havia sincronia a se julgar pelos sons. O vozerio quase não se o ouvia mais. Dentro da perspectiva de caos na percepção do tempo, seu Célio julgou que se passaram mais de duas horas. Porém, nesse tempo, ele não ouviu nenhum carro se aproximar ou mesmo passar pela estrada.

Ao amanhecer, quando o frio era insuportável, ele já não conseguia mais erguer a cabeça. Com a claridade, pôde ver que um de seus braços estava preso pelo painel que o havia comprimido contra o assento. A face estava dormente e o queixo deslocado. Não sentia mais dor. Na porta, surgiu um policial. Ele foi resgatado e colocado em um helicóptero.

À noite, deu na televisão que um caminhão de alimentos fora saqueado, depois de virar em uma curva próxima a uma favela. O motorista havia sido salvo.

Na terapia intensiva, atordoado e confuso, seu Célio procurava entender como uma mula podia ter sido amarrada no meio da pista.

No departamento de trânsito, a investigação procurava saber como cavaletes e cones da polícia haviam sido colocados, interditando a pista nos dois sentidos, provocando grande engarrafamento.

O Achado.

Já havia uma semana que ele saíra de casa, ou do que convencionara chamar de casa. Um amontoado de chapas de madeirite e sacos de cimento. Naquele tempo, o fim da Ceilândia era ali, onde uma falésia deixava correr no fundo um fiapo de água limpa, que depois virou um esgoto. Pois foi naquele tempo que ele arranjou lá um canto e fincou pé. Seis anos. Tempo que passou e a vida dele só se aprofundou em retrocessos e escuridões. Manifestou-se a epilepsia agravada pelo alcoolismo crônico. Sem trabalhar, restou a mendicância. Conheceu a companheira no lixão. Os dois, debaixo da miséria, dividiam as garrafas de cachaça e os hálitos podres.

Há sete dias estava no Plano Piloto. Acordou. A noite seguia indiferente aos bêbados que dormiam por ali, acantoados na imundície que se anunciava pelos miasmas dos containeres dos restaurantes. Um dos bêbados havia vomitado e se asfixiava. Ele o puxou, virando-o para que o desgraçado não morresse. Uma garrafa rolou. Dentro havia um resto de álcool. Ele virou todo na boca.

Revirou a lixeira e conseguiu uma coxinha. Ela estava molhada de um lado. Ele apartou a parte seca e a comeu. Estava azeda, mas havia uma banda de azeitona com o gosto de nova. Sentiu necessidade de outro gole de álcool para ajudar a descer aquela comida rançosa. No meio da busca, uma lata de refrigerante. Havia um resto de líquido sem gás. Ele bebeu de um gole. Não soube precisar se era refrigerante ou líquido do fundo do container que havia entrado dentro da lata.

Voltou a procurar alguma bebida. Ao revirar os bolsos de um dos companheiros que estava anestesiado pela embriaguês, este reclamou com pragas e deu-lhe uma cacetada na cabeça. Ele saiu cambaleando e sentiu o sangue correr e se perder no meio da barba suja. Caminhou em direção à Rodoviária. Lá deveria haver alguém que estivesse disposto a dividir um gole de pinga.

Quando estava atravessando o Setor Bancário Sul, ouviu gritos. Um automóvel parado sob a copa espessa de uma árvore estratégica para abrigar encontros furtivos com prostitutas. Os gritos vinham de dentro do carro. A porta do lado do passageiro se abriu e uma mulher saiu correndo. Em seguida surgiu um homem, segurando as calças. Um estampido seco e o baque de um corpo desabando. Silêncio. O sujeito entrou no carro e arrancou fritando os pneus. Fugiu com os faróis apagados como um monstro cego que se guiasse pelo instinto.

O corpo caído se moveu. Ele se aproximou e a mulher, pondo-se de pé, o ameaçou com uma haste de metal. Parecia uma faca de cozinha. Suja de sangue. Que ele não se aproximasse! Ela se dobrava e pela perna escorria um filete espesso e vermelho. Uma sirene. A mulher correu claudicando. Ele procurou se afastar e buscar um canto mais escuro. Ao passar por onde estava o carro, tropeçou em algo. Uma pasta tipo 007.

Depois de correr do local o quanto suas forças deram - talvez dois mil passos, duzentos ou vinte - ele entrou debaixo de uma moita de bouganville. Com os peitos aos pulos, a garganta seca e as mãos tremendo pelo esforço da corrida e pela corrosão do álcool nos nervos, ele se estirou abraçado à pasta. Descansou um décimo de tempo - um minuto, dez ou quem saberia quantos. Precisava abrir a pasta. Um pedaço de cimento providencial. Após algumas pancadas a pasta se abriu. Antes de sair para a claridade, ele verificou se não havia alguém por perto que pudesse vir e lhe tomar o tesouro que abraçava contra o peito.

A luz do poste vencia a folhagem e se insinuava em algumas clareiras esparsas. O odor de urina e fezes abafava o local. Sob um feixe que vencera a copa, ele abriu a pasta e pôde ver que dentro havia um tubo de creme dental, uma escova, um sabonete usado, um rolo de papel higiênico pelo meio, todo amassado para caber na pasta e também havia papel. Jornal dobrado. Jornal dobrado e nada mais. Aliás, havia uma camisinha Jontex. A embalagem estava rasgada.

A aurora já se fazia prenunciar em cores esmaecidas entre amarelo e violeta. A cidade acordava. A Ceilândia, tão longe. O barraco de madeirite. A companheira bêbada. A cabeça doendo. Uma vontade de se deixar ficar até se derreter em uma poça salgada para brilhar ao sol que em breve se despontaria.

Mas ele sabia que não se derreteria em uma poça salgada para brilhar ao sol. Sabia que já estava se esquecendo de que se chamava Estuarte Cruz das Graças, de tanto ouvir o apelido de Glicose na Veia. Sabia que precisava de um gole, pois logo estaria tremendo e vendo cobras e lagartos. Sabia que deveria sair dali, de perto daquela pasta, porque, senão, sobraria para ele.

A Pregação e o Pregador.

Eu vinha subindo e antes de chegar à esquina ouvi o tropel de muita gente. Os coturnos batiam no cimento com força. Gritos e xingamentos. Resolvi correr. Fugir dali. Estava já avistando o ponto de ônibus quando dei de encontro, bem na esquina, com três sujeitos que se enroscaram comigo. Antes de qualquer tempo, uma luz forte me cegou. Um facho de lanterna. Fui empurrado e puxado. No meio da confusão, um dos sujeitos quase me arrancou a tampa do bolso da japona.

Era a polícia; os três sujeitos e eu. Documento! Mãos na parede! Quieto! Minha carteira foi tirada do bolso da minha calça. Uma mão brusca me percorreu as pernas e todo o corpo. Mãos para trás! Um metal desconfortável prendeu meus pulsos e meus braços ficaram imobilizados nas costas. Um dos sujeitos chorava. Tinha sangue a escorrer do nariz.

Fui jogado na viatura de uma maneira que me lembrou, na hora, uma cena de infância: dois peões e o meu avô, jogando um porco dentro de uma carroça. Caí por cima de uma criatura imunda, cheirando a álcool, urina e vômito. Recebi como boas vindas uma cotovelada no pescoço que me tirou, momentaneamente, o fôlego. Os três elementos foram jogados, caindo em cima de mim e do bêbado que, ao invés de dar cotoveladas, protegeu-se com as mãos. Era muita gente para ele bater.

A viatura saiu aos solavancos e nós nos misturamos como carga. Graças a Deus alcançamos o asfalto e, aos poucos, nos ajeitamos. O bêbado se rebelou e recebeu de um dos sujeitos uma cabeçada no rosto que o colocou no devido lugar.

Os meus punhos ardiam nos beiços duros e cortantes das algemas. A dor do pescoço começou a ceder. Vendo o bêbado à minha frente, uma súbita raiva me fez dar um chute nas costas dele.

— Desgraçado! De imediato senti remorsos.

O sujeito que sangrava pelo nariz me olhou e desviou o olhar ante o meu.

— Devo estar parecendo um bicho para espantar um sujeito desse, entre surpreso e assustado, pensei.

— Será que poderia falar com o delegado?

— Quem sabe você não quer falar com o governador? Cala a boca!

— Nome?

Dei todas as informações.

— Leva este para o xadrez.

— Por favor, há um engano, eu vinha pela rua e fui preso junto com esses sujeitos.

— Algum aí de vocês conhece este babaca? Todos balançaram em negativo as cabeças.

— Ele me agrediu! Aqui, ó, nas costas. Era o bêbado que me acusava.

— Para o xadrez! Rosnou a autoridade competente.

Fomos empurrados, depois de nos livrarem das algemas, para um cubículo onde se amontoavam mais de quinze homens. O cheiro era insuportável. O espaço, mínimo e o contato direto com aqueles corpos suarentos se tornava repugnante. Havia uma lâmpada de baixa voltagem no teto, lutando para espantar as trevas com a sua luz amarelada e fraca. Encostei-me numa nesga de parede e deixei-me escorregar de costas até conseguir ficar sentado. O cimento estava molhado. Era urina. Enojado, ergui-me. Os fundilhos das calças úmidos. No canto do fundo, à esquerda, dois corpos se mesclavam. Parecia que faziam sexo. Por pouco não vomitei.

Fui levado a uma sala onde havia uma mesa e uma cadeira. A mesa tinha as beiradas lascadas e o verniz esborcelava. Pelo menos o ar entrava por um vitrô basculante no alto, protegido por barras de ferro. Procurei me aproximar da parede e me acocorei. Mal terminei de me abaixar, entrou um homem de camisa aberta no peito protegido por uma cruz pendurada num cordão de metal ordinário. Trazia em cada mão um copo descartável de café.

Depois que repeti com detalhes as circunstâncias da minha prisão, ele saiu e voltou com a minha carteira. Pediu-me para conferir se faltava alguma coisa. Ao abri-la, claro, o dinheiro (duas notas de dez e uma de cinco) já era. Os documentos, não faltava nenhum.

— Tudo bem? Perguntou o investigador. Eu, para simplificar tudo, respondi:

— Tudo bem.

Preferi não mencionar o sumiço do dinheiro.

— E a agressão ao bêbado?, ele quer dar parte. Registrar queixa. Contei a história.

— Vou dar um jeito. Passe na sala do doutor Delegado para ele lavrar a soltura.

Aliviado, saí e fui até à sala do titular da delegacia. O homem do crucifixo me seguiu.

Quando estávamos para entrar na sala, a porta se abriu e os três sujeitos saíram.

— Vamos estar de olho em vocês. Desta vez estão limpos. Uma hora a gente mete a mão de vocês em cumbuca, hein? Era o delegado dando o caminho das ruas aos três sujeitos.

— E o bêbado? Pensei.

— Sente-se. Aceita um café?

— Obrigado.

— Obrigado de sim ou de não?

— De sim.

O delegado olhou para o subalterno de crucifixo no peito e ele de pronto saiu, voltando em seguida com mais um copo descartável de café quase frio.

— O que eu estava fazendo a uma e meia da manhã, quando a polícia perseguia elementos suspeitos de tráfico?

— É.

— Eu vinha da casa da minha namorada e ia pegar o ônibus.

— E correu por quê?

— Escutei o barulho da perseguição e quis ficar longe.

— A sua namorada pode confirmar?

— Pode.

Ele pegou o telefone e, esperando, me fitou com o fone fora do gancho e o dedo nas teclas. Dei o número.

— O nome dela?

— Cláudia. Merda, gaguejei.

Ele teclou sem tirar os olhos de mim. A Cláudia não estava. Havia ido ao mercado.

— Quem está falando? Ah, o que o senhor é da Cláudia? Pai? O senhor, por acaso, conhece o Fulano? Ele esteve aí ontem? Depois eu explico. Até que horas? O senhor tem certeza que era entre uma e uma e meia, quando ele saiu? Obrigado. Vou explicar. É da delegacia e ele foi convidado a comparecer para depor num caso de prisão de três elementos suspeitos de tráfico de drogas. Ele presenciou o flagrante e foi arrolado como testemunha. Obrigado. Passar bem.

O delegado desligou e iniciou uma conversa burocrática com o agente de crucifixo de metal no peito. Enquanto o delegado conversava com o policial civil de cruz no peito, eu esperava. Coloquei as mãos nos bolsos da japona e senti, num deles, que havia algo dentro. Tirei para ver o que era. O Delegado e o policial de cruz de metal ordinário no peito me olharam e pregaram os olhos nas minhas mãos que estavam sustentando quatro papelotes brancos que eu teria de explicar como foram parar ali, embora eu mesmo não soubesse, em absoluto, como, quando ou por quem eles puderam ir parar no bolso da minha japona.

— Aí a coisa muda de figura. Leve o elemento de volta para o xadrez, disse o delegado maneando a cabeça.

Na hora do rolo, na noite da prisão, o sujeito puxou o bolso da minha japona e colocou a cocaína dentro. Era aquele, o que sangrava pelo nariz.

— Todos levantem as mãos para o céu e gritem o nome de Jesus! Jesus me visitou na prisão! Jesus me trouxe à luz! Fui preso, humilhado. Fui estuprado e Jesus me ajudou a provar a minha inocência. Um dia, movido pela vontade do Senhor, o facínara se apresentou e confessou. Passei um ano, sete meses e treze dias na treva. Preso inocente. Mas a Luz se fez e clareou a consciência daquele traficante e ele se apresentou ao delegado. Foi Jesus, minha gente! Ele veio e me redimiu com a confissão espontânea do bandido, livrando a minha pessoa das garras da prisão! Aleluia, irmãos, aleluia! Hoje eu sou um pai de família devotado a servir a causa de Cristo! Oremos irmãos! Agradeçamos ao Senhor por ter conduzido as minhas ações no caminho das Escrituras. Se hoje sou pregador e saio pelos templos dando o meu testemunho de redenção e fé, foi por vontade de Jesus. Aleluia, aleluia!

A Viagem.

O mar esverdeado se mostra em parte, visto da janela da sala do prédio na segunda rua depois da praia. Claudemara está com vinte e oito anos. Quando aconteceu o fato que mudou a sua vida, ela completava dezenove e aconteceu assim: Claudemara é filha de pais separados. A mãe, lavadeira e passadeira, é natural de Sergipe. O pai, filho de migrantes maranhenses, nasceu em uma fazenda do interior de São Paulo e, na época, estava morando em Cuiabá, para onde fora depois da separação. Trabalhava em oficina mecânica, porém, com fortes dores lombares, submeteu-se a cirurgia para correção de hérnia de disco. Não tão bem sucedida ação cirúrgica o levou à aposentadoria.

Durante as sessões de fisioterapia, conheceu uma pantaneira que trabalhava na limpeza do hospital e, em dias, passou a morar com ela e com o casal de gêmeos, que ela, mãe solteira, botara no mundo. Mulher nova, entregou-se ao mecânico aposentado e, também, em dias pegou barriga com ele. O resultado: trigêmeos. Por sorte, havia a sogra que morava junto. Ajuda para cuidar de cinco crianças na casa. As duas crianças mais velhas, com dois anos e meio ainda. Os trigêmeos recém saídos da casca do ovo ganharam notoriedade e apareceram na televisão ao lado da mãe orgulhosa. Uma enxurrada de doações abarrotou a casa popular em que moravam.

Sem poder trabalhar em serviço pesado, e a mulher com incumbências múltiplas dentro de casa, o mecânico conseguiu uma banca no mercado de peixes e se estabeleceu. O negócio prosperou; com a aposentadoria, o salário da mulher - em licença maternidade, mais a pensão da sogra que, prendada, também costurava para fora, a vida seguiu por calmaria de pequenas sobras de dinheiro que eram depositadas na Poupança da Caixa

Claudemara recebeu uma carta do pai, convidando-a para passar uns dias com ele e a família constituída em Mato Grosso. Era o presente que ele lhe dava pelo décimo nono aniversário, depois de três anos sem vê-la, pois desde a ida para Cuiabá, nunca mais os dois voltaram a se ver. No envelope havia um cheque nominal à moça para as despesas da viagem. Período de férias.

Claudemara embarcou numa sexta-feira à noitinha na Rodoferroviária. A mãe a abraçou e mal escondeu as lágrimas. Nunca haviam se separado. Não seriam as lágrimas, porventura, também pelo ex-marido? O coração, afinal, guarda segredos, às vezes, mal guardados.

Em Cuiabá ela foi muito bem recebida pela mulher do pai e pela mulher que estava no lugar de sogra dele, portanto, no lugar de sua avó, que a tratou como uma neta mais velha. A "avó" mostrava-se em cansaço radiante com a profusão dos mais novos. No sábado, ela acompanhou o pai à banca e se encantou com a quantidade de peixes estendidos sobre as bancadas de concreto do bem arrumado mercado. Com habilidade, os vendedores cortavam mantas de peixe que se abriam do dorso, mostrando a carne branca e fresca ao público de compradores sossegados e sabedores de que não haveria a mínima possibilidade de o estoque acabar. Afinal, estava o Rio Cuiabá logo ali e o Pantanal tão perto.

No embarque de volta, depois das despedidas e de tantas lembranças que foram colocadas no bagageiro do ônibus, em três malas,

Claudemara se sentou na segunda poltrona, do lado da janela. Veio um homem e ocupou a poltrona vizinha. Começou, então, a acontecer o fato que mudaria a vida da moça para sempre.

Depois de ter percorrido cerca de duzentos quilômetros, o ônibus parou em um posto onde todos desembarcaram. Claudemara, distraída, tomara lanche sentada em uma das mesas na companhia de outros passageiros. Ela se levantou para ir ao banheiro, porém nem chegou a entrar, pois notara que esquecera a bolsa na mesa. Ao voltar, a bolsa havia desaparecido. Nenhum dos passageiros sabia de nada. A moça correu ao ônibus. Não estava na poltrona. Ela voltou nervosa. Não havia como pagar a conta.

Uma pequena confusão começou a se formar com a moça do caixa. Iam chamar o gerente quando Claudemara viu o seu vizinho de banco de viagem se aproximar com a bolsa. Ele a havia encontrado dentro do banheiro masculino. O alívio foi instantâneo, porém, pouco duradouro. A carteira estava dentro da bolsa com todos os documentos. O dinheiro, oitenta e nove Reais, desaparecera. A moça do caixa fechou o semblante que havia, já, desanuviado. O senhor, que era o vizinho de viagem e de poltrona e que achara a bolsa, interveio e se prontificou a pagar a despesa. Claudemara aceitou, dizendo que tão logo chegassem a Brasília ela reporia o dinheiro.

O senhor destoava dos demais passageiros. Trajava-se com elegância. Vestia paletó, mas não usava gravata. A camisa era de seda e os sapatos de fino acabamento. Com Claudemara, iniciou agradável conversa. O companheiro de viagem era um homem envolvente e guardava traços de - na opinião de Claudemara - beleza madura. Sorria e os olhos brilhavam um brilho úmido. Cinquenta e cinco anos, se tanto. Falava de outros países, de outras línguas - até demonstrou pendores poliglotas se expressando em inglês e espanhol -, dissertava a respeito de vários assuntos que para Claudemara eram desconhecidos. Ela, apesar dos dezenove anos, ainda cursava o primeiro ano do segundo grau, impedida que fora de freqüentar a escola regularmente na infância, por motivo do tratamento da poliomielite. Foram tantas cirurgias, fisioterapias e muito sofrimento. Por fim, ficou a seqüela da bengala. Porém, sem dores, dizia-se disposta, e pensava chegar um dia a obter diploma de professora. Era, agora, ela tomando conta da condução do diálogo.

O senhor, em outra parada técnica do ônibus, atendeu o celular e se mostrou preocupado com o que ouvira. Após desligar o aparelho, chamou Claudemara como se fosse revelar um segredo e cochichou no ouvido dela que a mulher dele havia acabado de sofrer um grave acidente. Irremediavelmente ele teria de retornar. Pediu, com lágrima nos olhos, que Claudemara fizesse um favor imenso a ele. Ela seria recompensada. O pedido era que ela entregasse a mala dele a uma pessoa que ele contataria por telefone. Ela receberia, pelo favor, dinheiro, adiantado, naquele momento. Claudemara não só concordou em prestar o favor ao homem que achara sua bolsa, pagara o lanche e lhe dedicara tanta atenção com conversa tão agradável, como se recusou a receber qualquer quantia pelo favor. Depois de muita insistência dele, que argumentou que ela estava sem dinheiro, pois havia sido roubada. Enfim, Claudemara aceitou o envelope que ele lhe estendeu com notas dentro. O senhor repassou o ticket da bagagem e disse que ela não se preocupasse. Uma pessoa a estaria esperando na Rodoferroviária. Dando um forte aperto de mão, ele se retirou, pois deveria procurar um telefone para alertar a pessoa que fosse ao desembarque pegar a mala. O celular não estava fazendo chamadas. O ônibus já saía.

Na chegada a Brasília, ela retirou as bagagens, inclusive a do companheiro de viagem. Uma mala de grife. No portão de desembarque se formou uma ligeira confusão. Por um motivo que ela não ficou sabendo, homens armados, vestindo coletes negros com símbolos da Polícia Federal, prenderam duas pessoas - um homem e uma mulher. Passada a confusão, ela ficou uma hora e meia no portão de desembarque com as bagagens no carrinho de transporte de tais costumeiras acompanhantes dos que se aventuram às viagens. Não apareceu ninguém para reclamar a mala que ela se encarregara de entregar. Cansada de esperar, resolveu levar a mala para casa e, abri-la, buscando encontrar algum documento que contivesse o nome e o endereço do senhor para tentar contato. Talvez o telefone dele ou de alguém.

Em casa, ao abrir com uma chave de fendas, com muito cuidado, para danificar o mínimo possível a fina mala, teve um surpresa infinita. Maços e mais maços muito bem arrumados de notas de cem Reais compunham o recheio mais precioso que ela jamais vira em mala alguma. Só no cinema. Juntos, no fundo da mala, aninhavam-se três sacos plásticos de um pó branco. Claudemara os rasgou, despejou o conteúdo no vaso sanitário e queimou a embalagem.

Agora, aos vinte e oito anos, já com a consciência aplacada pelo conforto do apartamento localizado na segunda rua da praia em Aracaju, ela vê a mãe na sacada com o rosário nas mãos. Cúmplice no silêncio. Agradece ou pede perdão?

A Música

Vigilato de Castro Soares Alvarenga. O Vigilatinho. Casado com dona Mercês. Casal sem filhos. Ele, aposentado, e ela, do lar. Apartamento de dois quartos no Cruzeiro Velho. Carro popular de segunda mão. Escolhido a dedo, de dois em dois anos, no Feirão do Automóvel da Localiza. Seminovos, com garantia.

O salão de beleza da dona Mercês sempre cheio. Ela, com duas cabeleireiras e uma manicure. Nos sábados, vinha a sobrinha que fazia faculdade. No sábado, ajudava a tia no salão.

Às sextas, à noitinha, chovesse ou fizesse sol, o Vigilatinho pegava o pandeiro. De banho tomado, sandália de couro trançado, bermuda, camiseta cavada, sem deixar nunca o boné de lã. Era o sacrossanto encontro da velha guarda no Bar Boleta. "O samba ficava acordado até o raiar da nova aurora". O chorinho, a marchinha, o senhor samba e a cerveja gelada. Sempre surgia um apreciador da boa música e se entusiasmava. A gelada nunca faltava. Mandioca frita, torresmo e o caldo milagroso feito de tutano de osso temperado com temperos que só a dona Gerós sabia fazer.

O caldo da dona Gerós era famoso. Vinha doutor de longe tomar o caldo da dona Gerós antes de ir embora dormir. Bebedeira nenhuma resistia ao caldo da dona Gerós. Havia um deputado que mandava o motorista buscar. Madrugada e lá aparecia o Berilo, o motorista do parlamentar. Era o deputado querendo o caldo milagroso para dar conta de algum recado, que a idade já vinha exigindo uma ajuda. O caldo da dona Gerós era um tônico para todas as esferas. A sexual, principalmente.

Um professor de Química da UnB analisou o caldo, buscando os elementos que conferiam propriedades afrodisíacas e que faziam a fama do caldo da dona Gerós. Só encontrou o óbvio. Gordura, sal, pimenta, açafrão, salsinha, alho, cebola, gordura, gordura, gordura. Sim, fubá. Engrossava o caldo, fubá.

Nem a ciência e nem ninguém, a não ser a dona Gerós, para saber o que continha de mágico aquele caldo grosso que ficava na panela de ferro que não esvaziava nunca, sempre sendo renovado. Noite inteira. Fumegava qual o tacho encantado das bruxas das brumas de Avalon. Na verdade, duas panelas de ferro. Uma com o caldo pronto e a outra com caldo cozinhando, para ir repondo.

A dona Gerós já dera a receita mais de mil vezes. Até na televisão. Cozinhara ao vivo e em cores. Milhões de telespectadores seguiram à risca a receita. O resultado: um caldo grosso e gordo com sobrenadante de gordura talhada tão logo era deitado ao prato. Cozinheiros famosos fracassaram desgraçadamente ao empreender a luta para vencer o desafio: fazer o caldo da dona Gerós com o mesmo sabor e as propriedades afrodisíacas.

Dona Gerós, natural de Macaúbas, interior da Bahia, de onde saiu debaixo da humilhação vil de ter sido deixada ao pé do altar pelo noivo que, na undécima hora, fugiu com a meretriz de mais baixo calão da zona. Tem homem que gosta é de mulher vagabunda!

Gerosvina Ruibarbo Souza, a Gerós, vestida de noiva, ao sair da igreja, em prantos, embarcou em um ônibus. Não fora a perícia do motorista, ele teria atropelado aquela figura patética que corria no meio da rua. O ônibus tinha um destino: Brasília.

Sem eira e nem beira, a noiva abandonada desceu na Rodoviária do Plano Piloto. Nenhum centavo, me livre de conhecidos, e aquele vestido tão anacrônico em plena Rodoviária. Fazer o quê, meu Deus? A nova vida começava com uma indagação monstruosa. Uma cidade se abria a sua frente, mas ela era de Macaúbas, plantada no interior da Bahia. Mas ela era de Macaúbas!

Chegou para um dos vendedores de pastel da Pastelaria Viçosa e pediu uma faca emprestada. Cortou o vestido à altura dos joelhos, arrancou as mangas compridas enfeitadas de babados e pediu emprego. Ganhou. Trabalhou três meses e mereceu a confiança do Tião Padeiro, dono da Viçosa, que adiantou o dinheiro que ela pediu. Com o dinheiro emprestado, comprou um panelão de ferro e fez uma trempe debaixo de uma folha de madeirite encostada no tapume da construção do Conjunto Nacional.

Era fim de sábado. Os operários da obra já haviam recebido a féria da semana. Um sujeitinho, amarelo e cabeçudo, veio e pediu uma sopa. Foi o primeiro freguês da Gerós. Depois vieram outros e logo o caldo da dona Gerós ficou famoso na redondeza. Uma tabuleta escrita com tinta preta e mal feita passou a exibir: Caldo da Dona Gerós. O "S" era virado ao contrário, mas o caldo era certo. Logo pagou o empréstimo ao Tião Padeiro.

Quando vieram e arrancaram o tapume, no fim da obra, a Gerós não amoleceu. Com alguma economia, alugou uma garagem no Cruzeiro, de um viúvo aposentado, e montou o seu estabelecimento: Caldo da Dona Gerós. Agora com o "S" escrito certo e em letras bem escritas por pintor profissional.

Naquele tempo, o Cruzeiro Velho era novo e pululava de operários construindo blocos de apartamentos e casas. A classe média se mudava, mal os imóveis recebiam os primeiros acabamentos. O estabelecimento da Gerós vivia cheio. O viúvo, um dia, propôs sociedade: um bar. Ele entraria com as instalações, aumentaria o cômodo e colocaria o estoque. A Gerós tomaria conta. O lucro do caldo seria inteiro dela, e o bar, o que rendesse, cinqüenta por cento. Feito o negócio.

Desiludida com a vida amorosa, a Gerós nunca se casou. Bonita. Miúda, bem feita de corpo e de rosto. Virgem por circunstância já sabida e por opção. Mais tarde, desfez a sociedade e, com recursos financeiros próprios e assessoria do SEBRAE, alugou uma loja e montou o Bar Boleta. Logo, templo do samba, ponto de encontro da boêmia saudável e dos vôos do pandeiro do Vigilatinho, marido da dona Mercês, a dona do salão de beleza mais concorrido do Cruzeiro Velho, quando o Cruzeiro ficou Velho.

Uma noite passou e amanheceu. Cedo, a dona Mercês bateu no Bar Boleta. Era a primeira vez, em doze anos, que o Vigilatinho não voltara para casa. Incomodada, encontrou as portas do bar fechadas. Procurou e começou a ligar para os amigos do marido. Nenhum sabia informar. O Bar Boleta, aquela noite, fechara mais cedo, contrariando a tradição de nunca ter arreado as portas, nas sextas, antes "do raiar da nova aurora."

Já ao meio dia, a dona Mercês e os amigos haviam procurado na delegacia, depois de terem ido ao Hospital de Base e ao Presidente Médici. Da L-2 norte, correram para o Santa Helena. Ao saírem, um dos amigos sugeriu, constrito, o Instituto Médico Legal. A dona Mercês desabou. Foi preciso água com açúcar. Felizmente no Instituto Médico Legal, entre os corpos que lá estavam na rigidez da ausência, não se encontrava o do Vigilatinho.

E o Bar Boleta, gente, que não abria? Portas cerradas. De dia e de noite. No segundo dia, arrombaram a porta, com a presença da polícia. Tudo sem anormalidade. O bar arrumado. Limpo, como era mister a dona Gerós deixar a cada noite, após fechar o estabelecimento. O Dalvim, empregado, disse que ajudou a patroa a limpar tudo e se foi. No outro dia, quando veio, as portas estavam fechadas e o resto, o povo já sabia.

Foram ao apartamento da dona Gerós, no Guará. O porteiro informou que ela havia se mudado. Ninguém sabia para onde. Simplesmente ela havia se mudado. O apartamento já estava na imobiliária. Ela pagara o aluguel em dia, rescindira o contrato. Negociou para não pagar a multa da rescisão e se mudara. Para onde? O porteiro respondeu que era apenas o porteiro.

O mistério do duplo desaparecimento, só depois o povo descobriu. Quem está afobado não pensa. Passada a aflição do sumiço, a descoberta tão óbvia. Insuspeito amor. O Vigilatinho e a dona Gerós se mudaram, deixaram tudo para trás e foram para o litoral. Ele, com o pandeiro, logo arrumou ponto de samba: Bar. Boleta do Mar, o melhor caldo da praia. A tabuleta, sem medo de se exibir.

Dona Mercês recebeu a carta do marido que explicava e pedia perdão por não ter resistido a amor tão intenso, que veio arrebentando juventudes passadas de cinzas vividas que, de repente, viraram brasas de paixão que não consentiam em se resignar.

Dois anos depois, a dona Mercês ouviu no rádio famosa cantora carioca cantando um samba com as linhas da carta do Vigilatinho transformadas em versos de letra de música. Sucesso nacional. Vigilatinho, compositor concedendo entrevista na TV. No Bar Boleta do Mar, na beira da praia, ao embalo das ondas, o caldo da dona Gerós, servido a intelectuais, artistas e naturalistas que se recusavam a tomar Viagra.

O Velho Tocador de Pratos da Orquestra Sinfônica.

Vinte e sete anos na Orquestra, desde o maestro Cláudio Santoro. Formado pela Faculdade de Artes e Música do Rio de Janeiro. Professor de Harmonia da UnB. Morador em uma casa pioneira da Vila Planalto. Grande quintal com mangueiras e um abacateiro generoso em sombra e frutos, onde brincavam os dois netos quando o visitavam. Um casal. Sete e cinco anos, a menina e o menino. Também, sob as sombras, o refrigério nos meses secos de agosto e setembro. Esguicho de água molhando a grama. A churrasqueira sublimando-se em odores de gordura sendo assada na picanha de todo fim-de-semana. Cerveja gelada, amigos, três ou quatro. Constantes, com as mulheres. O jogo de cartas, amigável e morno. Os bate-papos. As audições dos CDs de óperas. O agradável piano da Coraci. O filho vinha cada vez menos. Casado, ainda sem filhos, morando no Sudoeste; ia para a casa dos sogros no Lago Sul. A filha aparecia mais, trazia o casal de filhos. O marido sempre viajando. Executivo de multinacional.

Vida confortada pelos salários dele e da mulher, professora no Ceub. Próxima estava a aposentadoria. Tanto dele como da doutora Coraci. Nos planos, constava fazer a travessia dos lagos andinos. Viajar, assistir a concertos, ler tantos livros que deixara para depois. Escrever um livro sobre teoria musical e ir vivendo no aconchego que aos poucos a idade vinha oferecendo.

Nos últimos tempos, o professor Saulo, olhando mais detidamente a mulher, começou a reparar que ela era mais doce do que ele supusera antes. Impressionante. As mãos de Coraci eram tão delicadas e deslizavam com tanta leveza sobre o teclado do piano na sala que ele, às vezes, pensava estar vendo as mãos de um ente sobrenatural cheio de encantos. E como Bach se tornava mais etéreo e mais celestial ultimamente sob os dedos delicados da mulher que ele se admirava de ter deixado de ver por tanto tempo.

A Coraci começou a sentir o olhar do marido se tornando cada vez mais terno. Ele sempre fora de muito carinho com ela, porém, nos últimos tempos, ela notava um crescente cuidado dele. Houve uma aproximação gradual do marido. Quando ela notava, ele vinha, enlevava as suas mãos em caloroso e delicado aperto e caminhava com ela de mãos dadas. Um dia, no cinema, se surpreendeu quando, no meio do filme, ele se aproximou e a beijou de leve na face e depois deu-lhe um demorado beijo na boca. Ela retribuiu e eles permaneceram se beijando como há muito não faziam. No início, ela se corou no escurinho do cinema da Academia de Tênis, pois estavam acompanhados com outro casal de amigos e, também, ela não esperava. Depois gostou e, em casa, o resto da noite foi tórrida, embalada ao som do sax de Guerry Mulligan com "Blues for Gerry " e "Bligt Of The Fumble Bee" sendo repetidas a cada taça do vinho californiano que havia sido guardado para o Natal. Beberam duas garrafas.

O professor Saulo era mais velho do que a doutora Coraci pelo menos quinze anos. Conheceram-se no Festival de Inverno de Campos de Jordão, onde a Orquestra dera um concerto. Três meses se passaram até o sim na Igreja Matriz de Araraquara, onde morava a recém formada em Biologia Coraci Albuquerque Lottman. Em Brasília, a mulher fez mestrado na UnB e passou a lecionar no

Ceub. Continuou os estudos de piano na Escola de Música. Esperava a aposentadoria do marido para pedir a sua, proporcional ao tempo de serviço.

O professor Saulo surpreendeu a mulher e a família em um jantar que promovera em uma rara ocasião que conseguiu reunir todos. Foram ao Piantela, pediu champanhe francês e antes de fazer um brinde ao seu amor por Coraci, o maitre trouxe escandaloso buquê de rosas que deixou meio sem jeito a mulher, que se corou, bem como o genro.

O professor Saulo fez um breve discurso, que todo o restaurante ouviu, pelo espaço compartilhado. Nas breves palavras, o professor emocionou a mulher, pois o discurso se resumia a uma reafirmação de amor crescente e incendiado. Ele se sentia cada vez mais feliz em se imolar naquelas chamas que o envolviam no poente de uma vida generosa que o Senhor lhe concedera. Redescobrira a pujante paixão pela esposa. Ao terminar as palavras, então, o restaurante inteiro se pôs de pé e aplaudiu tão belo poema que fora aquele discurso.

Antes da aposentadoria, o último concerto. Encerrando o programa a Ouverture Solennelle 1812, de Pjotr Ilyich Tchaikovsky, a sua favorita. O teatro lotado. Estudantes floriam o auditório. Toda a família do professor Saulo estava presente, exceto o genro que fechava negócios em Genebra. O casal de netos viera. Coraci foi ao camarim e o beijou. Notou que ele suava. Antes de sair passou o lenço pela testa do marido e percebeu que ele estava com uma expressão de tristeza e, quem sabe, de dor? Perguntou se ele estava sentindo alguma coisa e ele respondeu negativamente.

Ele, ao entrar no palco, foi tomado por profunda emoção. Seria a sua última participação na Orquestra depois de vinte e sete anos. Uma vida. Nunca mais o teatro cheio, ou vazio. Caloroso ou indiferente. A última apresentação. Depois, a aposentadoria. A viagem aos lagos andinos, os teatros, o livro sobre harmonia, enfim, a vida sob outra perspectiva; já que a Orquestra seria, dentro em pouco, o passado de vinte e sete anos. Também a faculdade faria parte de outra época. Muitos alunos floriam o auditório. Vieram para vê-lo pela derradeira vez, atuando como músico da Orquestra.

De cima do palco, divisou rostos conhecidos pingados no meio da platéia, muitos. Também rostos que não o conheciam e, para eles, tanto fazia se ele estivesse ali com os pratos ou outro músico qualquer, o que muito em breve, já na outra apresentação, estaria tomando o lugar que fora dele por vinte e sete anos e que, de repente, se passaram. O suor corria e o colarinho apertava.

Já na primeira peça a Orquestra mostrou que estava em um dia de inspiração. O público respondeu com entusiasmo. O professor Saulo viu quando a mulher se levantou aplaudindo. Ela o estava aplaudindo, só a ele, o seu apaixonado marido, que no seu canto humilde de batedor de pratos também tocava quase que exclusivamente para ela. Quase, por causa da família.

A segunda peça não conseguiu arrancar tanto entusiasmo do público. Depois do intervalo, quando os músicos entraram novamente no palco, o professor Saulo sentiu um peso muito grande sob o tórax. Era uma força constrita que apertava não de fora para dentro, mas surgia do interior do peito. O maestro iniciou os acordes da 1812. Uma onda melancólica surgia como que do fundo de um lago de obscuras águas que contivessem nas profundezas o lodo da tristeza. O professor Saulo respirou fundo e a dor aumentou. A opressão que o compositor sentia nos conturbados anos que o atormentavam, quando compôs aquela obra, o professor Saulo nunca havia antes captado com tanta presença. A aposentadoria e o medo de não poder perdurar o tempo necessário para gozar na companhia da mulher os poucos acordes que lhe restavam da vida. A possibilidade da não realização dos sonhos, sempre postergados para um tempo que viria. O tempo viera e ele se via na angústia de que a vinda fora um pouco tarde demais.

Tchaikovsky vivera o desespero da dualidade do amor real e do platônico. Saulo vivera o amor real, que via, de repente, transformado em realidade quase platônica, limitado pelos poucos anos que ele teria ainda na face da Terra, percebera. Uma angustiosa onda lhe invadiu o peito, um certo arrependimento de não ter descoberto mais prematuramente a força do amor que se aninhava dentro do seu peito que agora doía e se asfixiava. A realidade da aposentadoria lhe trouxera a consciência que ele antes jamais tivera. A premência de viver, pois a vida é curta. Só agora ele notara o passar dos anos e, mais terrível, o mínimo de tempo útil e duvidosamente saudável que lhe poderia restar.

A opressão do peito aliviou gradativamente com o bailar do som agradável dos oboés que, com os pandeiros, traziam uma doce e alegre melodia que embalava o público. Ante a calmaria da sinfonia e do peito, os pensamentos do professor Saulo, vendo o rosto alegre da mulher sentada na platéia, voaram a tempos idos quando, em Bruxelas, os dois puderam assistir à Orquestra Sinfônica da Rádio de Ljubljana, sob a regência do maestro Anton Nanut, executando a 1812. Ele, com pena, se recordou que pela primeira vez, então, naquele concerto de Bruxelas, observou que dos lobos das orelhas da mulher descia graciosamente uma penugem delicada e se espalhava, raleando-se pela face como se fosse a pele sutil de um pêssego. Teve vontade de passar as costas dos dedos naquela graciosidade e não o fez, e jamais o fizera. Quanto desperdício de momentos de felicidade, ele agora percebia, envolvido pelos oboés e pelos pandeiros que gradativamente cediam lugar para o contraditório ritmo tempestuoso dos metais e dos instrumentos de percussão com o estrídulo dos pratos que ele batia como que tentando impor a volta do bailado suave de antes.

Um certo furor militar se irrompia ao longe trazendo apreensão à música. Era como se a alma do compositor antevisse o horror de uma guerra que se prenunciasse. O professor Saulo voltou a sentir as garras no peito. A batuta do maestro se dirigiu a ele e os pratos retiniram e retiniram chamando de volta a harmoniosa melodia que veio em alegrias de pandeiros soltos, mas que logo foram afogados pelo vigoroso júbilo militar que obrigava os pratos a trabalhos intensos.

Os tambores simulavam canhões e o peito do professor Saulo se arrebentava. A vida dele se debatia na ânsia do peito oprimido. O passado se distanciava ante a incerteza do futuro. Havia a necessidade de buscar o tempo perdido no passado e transportá-lo para o tempo da aposentadoria. Uma luta de pratos, tambores, taróis e sopros. A batuta vigorosa. A música como uma batalha que se consumia a si mesma. O peito se esfacelando, buscava alívio. Os pratos, pedindo, ordenando socorro, sobressaíam-se e quando tudo parecia ter chegado à culminância do desespero, num torvelinho, os sinos redentores se fizeram, trazendo prenúncios de paz, porém, entraram em turbulento conflito com a marcha militar que levava tudo de roldão.

O peito do professor Saulo disparava e ardia por um momento que fosse: um único momento de ar. A batuta do maestro apontada para ele como a ponta aguda de uma lança delgada, mas imperial, disposta a vazar carne e ossos. O pobre músico ansiava por um pouco de ar, um tempo extra para os sonhos. A música fluía. O rosto do maestro era uma máscara de êxtase. A Orquestra e o público, então, se fundiram em uma emoção única que estava toda dentro daquele velho homem e o seu coração, que se despedaçava, incapaz de conter tanto furor.

A dor imensa, os braços dormentes buscavam vigor como quem busca a lufada final da vida. Os pratos, ditando as ordens, clamando pela paz que se distanciava. Quando parecia que tudo iria pelos ares, os pratos prevaleceram e trouxeram os oboés e os sinos, como a morte é capaz de trazer, dentro de toda contradição, a paz. A música se extinguiu, fenecendo como uma ave trêmula sobre o solo molhado.

A platéia se levantou em delírio. Ele caiu e ninguém viu ou ouviu os pratos se esparramando pelo chão. Todos aplaudiam os oboés e sobretudo o maestro.

Os lagos andinos têm a cor da esmeralda derretida. São compridos e passeiam por entre a cordilheira que, no inverno, se veste de branco, mas na primavera orna os picos com neve que persiste e se derrete e se precipita em cascatas longas, tênues e que vêm atraídas pelas águas esmeraldinas. Com um pouco de sorte, pode-se apreciar um ponto negro se precipitar do alto do pico mais alto da mais alta montanha e vir como um bólido em direção à superfície espelhada de verde, para, então, se abrir em envergaduras de asas poderosas e planar em vôo gracioso. Assim fazem os condores.

Os barcos que cruzam os lagos andinos oferecem a oportunidade aos afortunados viajantes de chegarem tão próximo às encostas milenares das montanhas, tornando possível que as toquem e sintam a aspereza delas desde o início das eras.

O professor Saulo, com real felicidade, beijou os dedos da amada mulher depois de ela tê-los roçado na rocha fria de uma montanha da Cordilheira dos Andes.

L·G·E
EDITORA

SIA TRECHO 3 LOTE N° 1760
Fone: (61) 3362-0008 / Fax: (61) 3233-3771
lgeeditora.com.br
lgeeditora@lgeeditora.com.br